瑠璃恋歌

るりれんか

藤吉佐与子

風媒社

目次

瑠璃恋歌

きらめく翼

波が押し寄せ白い泡つぶの先で足元を濡らし、静かに海にかえっていく。もうすぐ雪の積もる季節になる。裕子は日本海の彼方に続く薄青色の空を見つめていた。

「ここからは、向こうの国は何も見えない。でも、紺碧の海は気高い。凛々しく波を重ねて大陸まで続く……」

呟いて裕子は左肩にかけていたリュックを背中に回した。ズックの靴が砂を弾いた。海岸線に沿って歩き始めた裕子の眼は砂浜の波打ち際を伝い、ずっと向こうの、いきなり絶壁となっている崖を駆け上り、その上の、葉が散った森の木々を追った。

そして間もなく、木の間から見え隠れする白い建物を捉えた。

裕子は厚手の白いジャンパーのポケットから折り畳んだ紙を取り出して考えるように広げた。

「あれが資料館ね。一時間くらいかかるかな。お昼までには着けるかもしれない。休むベンチはきっとあるよね。そこでお弁当にしよう」

独り言を言って裕子は紙をポケットに戻し、リュックの両脇の紐に手を掛け、一歩、一歩、砂の上に足跡を刻んでいく。

長く、長く、続く足跡を波が洗う。潮が少しずつ満ちてきたようだ。寄せては返す波。崩れかけた足跡の先に新しい足跡がつながる。ほかに誰もいない砂浜。時折吹く潮風は左方の防風林を静かに揺らす。

つばの狭い黒色の帽子を深くかぶり、鼠色のタートルネックをジャンパーから少し覗かせては歩く。

土色の綿パン、黒のスニーカー、細身のスラっとした姿が、無垢な広い砂のキャンバスに絵を描くように足跡の線をつけていく。ふと裕子は立ち止まって振り返り、波に消されていくその線に気がついた。

ああ、満ち潮に。ずっと波の先を歩いてきたつもりだったけど、ずいぶん防風林寄りになってきていたのね。つけたばかりの足跡まで消されていく。日本海は干満の差が少ないと聞いていたけれど、もうすぐ、あの松林まで水が来てしまう。

少し松林寄りに歩を進めて間もなく突風が吹き、波しぶきとともに光と影が裕子を覆った。

「鳥？」

思わぬ風によろめき、裕子は膝から倒れ込んで砂地に手をついた。砂に食い込んだ指の先の砂面に映る鳥のような影。体を起こし、空を見上げた裕子を光が煌《きら》めいて包む。いや、目を凝らすと、白い翼が光の風を裕子に送っていた。

「白鳥！　大白鳥？」

裕子は揺れる影の中にいた。

影が離れ、戻り、大きな鳥は光を撒きながら裕子を中心に何度か円を描いた。

そして、羽を大きく羽ばたかせ、透き通るような一声を発し、空高く舞い上がり、西南の方角に向かったと思う間もなく、煌めいて、消えた。

「夢？　蜃気楼？」

手をかざし、白翼の鳥を追った。が、その姿はどこにも見えず、空はかすかにうす雲を張ってきていた。

夢から覚めたように裕子は頭上に帽子がないことに気づき、足元を見た。帽子は、砂が手の形にくぼんだ辺りで浜風を受けてゆれていた。

ひっくり返った帽子の黒いつばを掴もうとした裕子の手は、そのまま止まった。つばの下に何か光っていた。

見ると、うすいピンクをおびたガラスの玉のようだった。砂を拭い、何度も何度も手のひらに転がした。

桜桃のようなそれは、どうしてもガラス玉に見えた。

さくらいろ……。やさしい色のガラス玉。糸を通すような穴もあるし、ペンダントみたい。

あの白鳥が落としたのだろうか。そんなこと……。

でも、あの時、白い翼を羽ばたかせ、去りゆく前の一瞬の、切なげな、託すような鳥の目をわたしは見た。

何度も打ち消そうとする心に反するかのように、思い浮かぶ情景を鳥の消えた方向に追い、帽子と玉を胸に抱え、裕子は浜辺に佇んだ。

「ガラス、ギヤマン、瑠璃のいろ……」

遠くを見つめ、何かを追慕するかのような裕子の頬に少し赤みがさし、ひんやりとした海風が背まで垂れた三つ編みの髪を揺すった。

やがて裕子は足下にかかる波から少し離れ、リュックを背中から下ろし、赤いマフラーを取り出し無造作に首に巻くと、ジャンパーのポケットに入っていた白いガーゼのハンカチに玉をくるみ入れ、リュックの内ポケットにしまった。

リュックを背負い、綿パンやジャンパーの砂を払う裕子。

波を受けて濡れているはずの服なのに、砂は乾いたまま、さらさらと地面に落ちた。


崖の切れ目に造られた狭くて急な階段を裕子はのぼる。先ほどまで寒いと感じて巻いていたマフラーだが、今は首から外していた。頬にうっすらと滲んだ汗を手の甲で拭い、両脇の柵を掴んで後方に目をやった。

砂が満ちてきた。もう足跡はこの石段の下だけ……。せっかく付けた足跡。向こうの浜から砂の上に刻んだ私の時間。まっさらな雪の上を歩くようで嬉しかったのに。私の過去もこんな風に消えていくのだろうか。

裕子の頬を寂しい困惑の影が通り過ぎていく。

白い館

道は海岸から細く続いている。

葉がほとんどなくなっている欅《けやき》や楓《かえで》の間を木漏れ日を浴びながら三十分も辿ったであろうか。突然、森が途絶え、木々の間を抜けると真っ青な空が目に飛び込み、その先の丘に白い館が浮かんで現れた。

「小さなお城！」

思わず駆け寄ると、腰のあたりの高さに刈り込まれた満天星《どうだん》つつじの垣根に突き当たった。赤の葉を少し残す垣根に手を掛け、弾む息を整え夢のような景色を確かめた。

まだ咲くのは早いのに、水仙の花がまばらに裕子の足元からずっと向こうの崖の先に続いている。カーブした崖の端は海に落ち白い波しぶきを浴びていた。海岸線が遠くにかすみ、その線上の空には青い色が広がり、崖の手前に白く、白く輝いて欧風の館が建つ。一瞬、裕子の目にその真白な建物が紺碧の海と空の青に浮かぶように見えた。

満天星つつじの垣根はその景観とマッチして不思議な雰囲気を醸し出していた。館までの長い距離、ちょうど自動車が通れる幅の両脇に植えられている。

今でもこんなに素敵なのに、小さな白い花がそろって咲く頃、いえ、真っ赤に葉が色づく頃、どんなにきれいだったか。思っただけでも嬉しくなってしまう。

植えた人の気持ちに思いを馳せ、両脇に目を移しながら歩くと垣根が途切れ、太い古木の柱が立っているだけの門があった。

二本の門柱はどっしりとして、裕子が背伸びしてやっと手が届くくらいの高さがあった。眺めると、右の柱の上部が削り込まれ、墨蹟鮮やかに、『姫の山資料館』と書かれていた。

「まあ、まあ、よくお越しやなあ」

門を入ろうとする裕子に後ろからやわらかな声がかかった。振り返ると、手ぬぐいを頭にかぶったもんぺ姿の小柄な老婦人が葉のついた大根と大きな蕪を抱えてにこにこと立っていた。

「ちょっとそこの畑へ野菜を採りに行ってましたでの、すみませんのう。雪降る前に収穫をと思いましての」

「あ、こんにちは」

「中に主人が居るはずですが……。ここは館長の主人と通いの学芸員さんお二人と補助員の方で管理してますのですよ。今日は皆さまどうしてもの用があり、お休みで。あ、いえ、今はあまりお客さまがない時期でしての」

婦人は申し訳なさげだ。

「資料館の入り口は開いていますので、どうぞあそこへ」

門柱から石畳が続き、日当たりが良く暖かいのか脇にほんの少し水仙の花が咲き、その先に資料館の玄関があった。

「い、いいえ、館内はもう少し後で見させていただきます。あの、あそこの裏手にちょっと見える椅子をお借りしてもいいですか?」

裕子は遠慮がちに聞いた。

「どうぞ、どうぞ。ほんとうはあちらが表でしての。この家から……。いいえ、資料館から海がよく見えるようにと設計してありますのですよ」

お礼を言い、裕子は水仙の間の石畳を踏んで資料館の表へと回った。わずかしか咲いていないのに花の香りがする。

真新しい白い煉瓦を重ねた一部三階建ての建物は三階にバルコニーが見え、二階は同様にバルコニーになっていた。その下の一階には洒落た白いテーブルと椅子が置かれ、周りに様々な花の鉢植えがあり、ちょっとしたティールームのようになっている。といっても彫刻がほどこされた何本かの丸い柱の間は風通りがよく、少し肌寒かった。

「雪が降ればここでは休めない。何もかも白の景色に」

裕子は一番陽あたりの良いステンドグラス仕様の扉寄りの椅子に座った。リュックを椅子に降ろし、ペットボトルと紙包みを取り出してテーブルに並べて置いた。

紙包みをがさがさと開け、おにぎりを手にして、素敵な景色を眺めながら最高だわと崖の方へ目をやった。崖の先端の部分がこんもりと盛り上がって見える。

「あれが……」

呟くと同時に人の気配を察し、左手に目を向けると、少し離れたところに枯草色の作務衣を着た白髪の老人が裕子を見つめて立っていた。

やさしげな風貌の老人は右の手に持った草刈り鎌を小脇に挟み、軍手を外しながら裕子に近付いて来て、

「やあ、こんにちは。お昼ですかな」

と、にこやかに言った。

慌てて立ち上がり、おにぎりを元に戻そうとする裕子の背後から、

「あら、あら、お弁当でしたん」

扉を開ける音と重なって、さっきの婦人の声がした。

「まあ、まあ、あなたも」

婦人は老人を見止めて、

「ちょうどよかった。お嬢さん、ここでは寒いでしょうが。向こうの私たちの部屋にいらっしゃらんかのう。温かなお茶もありますでの。その人ですか？　私の連れ合いで、この資料館の館長ですよ」

と、明るく言って笑った。いつの間にか、茶のカーディガンと濃い鼠色の巻きスカートに着替えた姿は、銀色のウエーブのかかった髪とともに白い館に似合っていて、さっきより数段若く見えた。

婦人に何度も「どうぞ」と促され、裕子は資料館から少し離れた建物に案内された。門柱からは目立たない位置にあり、やはり白い煉瓦造りで資料館の倉庫のように見えた。

玄関のドアを開けると意外と広く、そこから奥に白木の広縁が見え、外観からは想像もできない和風の世界となっていた。裕子は帽子を脱ぎリュックに入れて廊下に佇む。

広縁でつながる二間続きの和室は雪見障子が開け放してあった。夫人は玄関寄りの部屋に入り、続き間の襖を閉めると、裕子を部屋に招き入れ、障子を静かに閉めた。

「掘りごたつでしての。さあ、さあ、入ってくださいな」

婦人の後ろには古い茶箪笥があって、その上に写真立てが置かれ、写真の若者が、裕子に向かい微笑んでいた。

老夫婦

水仙の花が数輪、写真の横に活けられていた。その花が写真の顔をよりやさしく見せていた。

「ああ、この写真ですか。息子ですよ」

裕子の視線の先を見やり、わずかに悲しげな顔をした婦人は、すぐ、にこやかな顔に戻って、

「隣の台所でお茶を入れてきますでの、こたつに入って待っとってください」

そう言って板戸を開け奥の間に消えていった。

入れ替わりに先ほどの老人が障子を開け縁側に立って、

「おお、やっぱり若い娘さんはいいのう。家が明るくなる。そんな立っておらずにこたつの中

に。さあ、さあ」

と、足早に部屋に入り、茶箪笥を背にした老人は、隣の和室と仕切る襖寄りのこたつ布団の端を持ち上げ、裕子を招いた。

「ちょっと、草を片付けてきましての。どうぞ、どうぞ、こたつの中へ」

「ありがとうございます。でも、そちらの席へはご主人がどうぞ」

「そうか、それなら私はこちらへ」

上座へは座れないとの裕子の気持ちを察したのか、老人は襖を背にして座り込み、隣の席を裕子に勧めた。

「では、申し訳ありませんが、遠慮なく」

なりゆきのまま、裕子は後ろの障子を閉め、脱いだジャンパーとリュックを右に置き、縁側寄りの席に座った。

上席には老人が、私の右の席には婦人が。

老夫婦が向き合って穏やかに茶をすする日常の光景を想像し、裕子の胸に温かな気持ちが広がっていく。こたつに突っ込んだ足から温もりが伝わり、頬が熱くほてってきた。自然に目頭が熱くなり、涙がこぼれた。

悟られないように指先で目をこする振りをして頭を上げると、真向かいにあの写真があった。

「息子でしてなあ。七年前に、交通事故で。家内のやつ、寂しいんでしょうな。そこら中に写真を置いておりますんじゃ」

「すみません。思い出させて。あまり足があたたかくて。少し寒く感じてきたところだったものですから、お心がうれしくて……。私、感激屋なんです」

微かに笑ったものの、裕子は傍らのリュックのポケットからハンカチを取り出しすぐには止まらない涙を拭った。

「まるで、息子のために泣いてくださるようじゃ」

老人は目を潤ませる裕子に戸惑った風だったが、写真の方に顔を向け、首を振り、いや、やはり、話そうというように言葉を続けた。

「息子は考古学者での。いえ、まだ新米で、学者と言えるかどうかわからんもんでしたがの。三十歳でした。私どもには遅がけの子でしてな、二人の希望でした」

写真に目をやる老人の声が低くなる。

「ここの資料館は古墳の跡でしての。いや、それはご存じでしたな。それで、訪ねてきてくださったんですからのう」

裕子は頷き、ハンカチをきつく握り締め、老人の言葉を待った。

その時、板戸が開き、婦人が現れた。割烹着姿で手にしたお盆にはお茶とおにぎりが乗っている。両方をこたつの上に置いて、老人と裕子を交互に見つめた。

「まあ、まあ。お嬢さんを泣かせて。困りましたねえ。いけませんよ、あなた。史郎のことをお話ししたんですか。息子の話なんて滅多にしない人なんですけどね。それも、初対面の方に。変ですねえ」

「いいんです。私……、実は、私も大切な人を失った経験があるものですから。すみません、つい、思い出してしまって」

「まあ、それは、それは。お辛いことでしたでしょう。そう、そう、いいお漬物がありますから持って来ますね」

お盆を小脇に挟んで急いで席を立った後姿は割烹着を目に当てているように見えた。

「やあ、申し訳なかったですなあ」

婦人を目で追って、老人は白髪まじりの頭を撫でた。

「いえ、どうぞ、お話しください。息子さんのことお聞きしたく思います」

「では、あれがもどって来てから聞いてくださるかの」

間もなく、婦人が様々な漬物を盛りつけた鉢と取り皿を運んで来て老人と裕子の前に並べ、和紙で折った兎の形の箸置きに塗りの箸を置いた。

「お口に合うかどうか分かりませんが、自家製の漬物ですよ。主人もおにぎりにしましたので、お弁当を開けてくださいな。私もご一緒させていただきますよ」

笑顔を作ると、婦人は大きく切った海苔を巻いたおにぎりを小皿に取って、

「若い方との食事は久しぶりで何だかうれしくって。さあ、あなたも」

と、老人に勧めた。

「おいおい、お絞りがいるだろう。わしはさっき外の水道で洗ってきたが、お嬢さんの……」

「いいえ、大丈夫です。駅の売店でおにぎりとお茶を買ったんですが、紙のお絞りがもらえました。外でのつもりが、こんなにしていただいて」

「あらあら、ほんと。全くもって私って。ごめんなさいね。いつも、母さんはそそっかしいからなあって……」

後の言葉を飲み込んで、婦人は台所へと急いだ。

古墳発掘

私の家は代々開業医でしての。昔はちょっとした地主で、戦後の農地解放で減りはしましたが、それでも、この辺りでは土地持ちの方なんでしてな。いえ、自慢するつもりはありませんでの。

あの、ここからよく見える、あなたが息急《せ》き切って上がって来られた海岸からの小山が古墳なんですがの。そこも先祖から受け継いだものでしてな。

姫の山古墳と言いましてな、もちろんそのことはここへ来られるくらいだからよくご存じでしょうな。一辺が四十メートルほどの方墳だということですが、史郎の……。史郎は息子ですが。そこは息子の遊び場でしてな。小さい頃からよく来ていました。

ここから海岸に沿った道を一キロメートルばかり歩いて少し曲がると街並みがありますが、そこに開業していました。

「していましたって、今は？」とお聞きですかな。

手放したんですよ。人の命を預かる仕事です。息子のことで診察が疎かになってはいけませんからな。ほんとうは罪滅ぼしの気持ちの方が強いのかも知れませんがな。

御多分に漏れず史郎を医者にしたくて、強制や束縛をしていたんですなぁ。一人息子でしたし、なまじっか勉強もそこそこできたもんですから、期待してしまったんですな。

ところが、大学受験の時、本人は考古学を学びたいと言い出しましてな。私も大事な跡取りだし、ご先祖様に顔向けできないと怒れましてな。親子喧嘩の果てに息子は京都の大学に行ってしまいました。

学生時代は発掘のバイト、バイトで、家に帰ることは滅多になくて、家内が寂しがっておりました。小遣いも不自由していたらしいんですが、親の援助は受けるもんかと思っていたようでしての、家内は私に内緒で時々、仕送りをしていたみたいですがの。

後で、息子のアパートの荷物を整理してましたらの、机の引き出しの奥深くに貯金通帳が大事そうにしまってありましてな。家内が見つけたんですが、家内が送ったと思われるお金がそこに貯めてありました。

その通帳を家内から見せられた時、息子の頑張りが手に取るように分かりましてなあ、しみじみと泣けました。こりゃあ、失礼。涙がこぼれてきました。私としたことが……。お前も、か。やっ、お嬢さんも。

大学院を出て、奈良をはじめ各地の発掘の調査研究補助員をしてましてな、そんな頃には盆や正月には真っ黒になって帰って来ていました。寂しがる家内の気持ちを汲んで来ていたんでしょうな。ご存知のように県や市の正式な発掘調査員になるのは、超難関の狭き門でしての。定年になる人があれば募集もありますが、なかなかなくて。

頷いてくださるか。そんな風にまともに職にも就けず、困ったものだと思いながらも、発掘の成果を語る時の瞳の輝きは、特別だと、認めないわけにはいきませんでした。

でも、私は、一人前になっていない者を許すのは親の沽券にかかわると、いつも憮然としておりました。

おまえも、ほんとうだという目で見ないでくれ。

話したいことがいっぱいあったろうに……。私は聞いてやらなかったのですよ。

それでも、十年程前に、市の活性化のために埋もれた遺跡調査をするという話が持ち上がりましてな。ここの古墳を一番に発掘することになりましたんじゃ。

もちろん、それを知った息子は自分の手で発掘したいと望み、家内も私もその気持ちは手に取るように分かりました。この時ばかりは何とかしてやらなくてはと、地主の強みで市と掛け合いましてな、臨時職員として初めての現場責任者となったんですよ。もっとも、息子の能力を認められたからこそ採用されたんだと思っとります。そんなに世の中、甘くありませんからな。

息子は、それは喜んで。張り切りましてなあ、昼夜を問わず、仕事に打ち込んでおりました。思い出すと、我が子ながら立派だったと胸が張れます。

そのことだけは親としてよいことをしてやれたと思えましてな。それがあるから私の気持ちもいくらか前に進めるんですよ。

「ほんとうによいことをしていただきました」と、うれしそうに、お嬢さん……。

その言葉は、まるで史郎が言ってくれたような気がいたしますなあ。

発掘の準備から喜々としてやっている息子の姿を目にできましたのは、親として最高の幸せでした。それでも、私は苦虫を噛み潰したような顔で接しておりました。が、どうしても本心は伝わるらしく、息子の私を見る目がやさしくなってきたように感じました。そして、ますます仕事に打ち込みました。

どうやら、親が認めた時、子は大いなる力、つまり、真の力を発揮できるのではないかと、息子の旅立ちの後、思えるのです。遅すぎましたがな。

おまえ……。家内は泣いてばかりで。

お嬢さん、悪いですなあ。いえ、続けてお聞きしたいとおっしゃるか。

発掘も進みましてな、息子の真剣さは作業に携わるすべての人々に伝わりました。みなさんに一生懸命頑張っていただき、仕事もはかどりましたよ。

医院の休みの日にここに来ると、清々しい空気が満ち満ちていましてな、うれしくなって私も元気になれましたなあ。

数々の土器が出土して、滑らかに磨かれた管玉などの石製品もあって、中でも木棺と思われる棺内の上部に金製の冠、胸の辺りと思われるところに多くのガラスの玉が。その中に、それは珍しいガラス玉があったんですよ。

何度も何度も土に顔を擦り付けて見ていた息子は、昂奮して大学時代の恩師に電話しました。たまたま医院の休みの日でしてな、ちょうど来ていた私は一部始終を見てましての。その時のことが昨日のように思い出されます。

それからあちこちの考古学者が見学に来られたり、この地方の新聞に載ったりで息子は大忙しとなりました。

私たちは知らなかったのですが、市の一部では土地を買い上げ展望台を建てる計画もあったようです。でも、息子の骨折りもあり、世間的にも重要な遺跡と認められたこともあって、古墳はそのまま保存ということになりました。

現地説明会も終えて、やれやれという時、息子はここに資料館を建てたいと言い出しました。

市のためにもなるし、ここなら景色もいいし、考古学ファンでなくとも訪れたくなるように花をいっぱい植えればいい。小さいころ、古墳とは知らずに遊んでいた丘からの眺めは最高だった。はるかに遠い陸地さえ見えるような気がした。いつか海を渡って向こうの国に行きたいと思っていた。

この古墳を掘っていて不思議なことに気がついたんだ。この辺りにはいくつか古墳があるけれど、それらとは主軸の方向が違うんだ。海に向かっているんだ。良く海が見えるようにと配置されていて、まるで古墳自体が海の向こうを眺めているみたいなんだ。昔、僕が思っていたように、向こうの国に行きたいと……。掘っていて、そう思えてならなかった。

あの発見のガラス玉も普通のものよりずいぶん大きくて、あんなうすいピンク色をしたものなんて後世のものではないかと多くの研究者から言われたよ。でも、遺構はあとから手を加えられた形跡はないから、どうしても当時のものに違いないと思えるよ。

それはこの発掘に従事した人たちのおかげで証明されたし、大学の教授も、地層や一緒に出土した土器を見ても古墳時代のものに相違ないと言ってくださったんで良かったよ。

やっぱり姫の山だよ、ここは。埋葬者は女性だと思うよ。金の冠が中国の王のものに似ているということから男性だという研究者もいるけれど。

古墳の形は四角なんだ。だけど、その頃のこの地域の古墳とは違う造り方だ。それが不思議で仕方がない。だから貴重なんだ。報告書が完成したら、資料館建設を市へお願いしてみようと思う。


そう史郎は言いましてな、目がキラキラとしておりました。我が子ながら輝いておりましたな。


そんなことは無理……。市の財政は豊富でないし、資料館を建てる費用は維持費も含めて展望台の比ではないと私は思いましたが、息子の意気込みに圧倒されましてな、口に出せませんでした。言わなくてよかったと思っとります。そのぐらい、分かっておりましたでしょうから。

それから報告書の作成に取りかかりましてな、土器の実測からほとんどを自分で手掛けておりました。史郎の熱意に周りの人たちからの応援が加わって、素人で深くは分かりませんが、良い報告書だと思います。資料館に置いてありますでな。

息子の実測図は見惚れるくらいきれいな線で描いてあります。是非、見てやってください。

え、何ですと。買えますか？　ですって、お嬢さん。それが欲しくて、見たくてここへ来たとおっしゃるか。

ほんとにお詳しいですね。うれしくなりますよ。考古学が好きな人は知りたい各地の報告書を買われると聞いておりましたが、お嬢さんもですか。

なに、なに、北陸の古墳時代に興味があります、とな。

じゃあ、史郎と同じですなあ。

報告書も完成間近になって、史郎は悩みましてな。

――ガラスのことをもっと知りたいんだ。このままでは中途半端な報告書になってしまう。日本で出土例のない色のガラスのことを調べたい。できたら韓国や中国、それからペルシャやローマの方へ、ガラスの道を探して歩きたいなあ。それぞれの地でいろいろな古い製法を尋ねて修行できたら。でも、お金がないし、日にちもないからなあ。

そう言っておりました。

市の仕事には期限がありましてな、発掘から一年以内にということでした。何とかぎりぎりまでかかり報告書ができました。各先生方からも、まあ、誉められはしたんですが、本人は足りないところばかりだと申しておりました。

そして市の発掘を続けておりましたが、ある日のことでした。

――父さん、俺、やっぱり行くよ、ペルシャまで。悪いけど市の仕事は断るよ。三月分ぐらいだったらお金はあると思うよ。ほんとは自分のお金じゃないけど使わせてもらう。働きながら旅をしようと思うから大丈夫だよ。

と、申しましてな。

そんなヒトのお金でなら行くな！　せっかくこの調査の功績で正職員との話も聞いておる。正式に決まった訳ではないから黙っていたが、ほんとうだ。そう、叱ったんですが、静かで澄んだ目をして言いました。

――ありがとう、父さん。母さんにも感謝してるよ。でも、行きたいんだ。

あまりにも感謝をこめた言い方に、それ以上、何も言えませんでな、思えばあの通帳のお金を使うつもりだったんでしょう。自分の貯めたお金なのに、使わせてもらうだなんて……。

それからしばらくして、ちょっと奈良まで行って来る。もしかしたら、ある人を紹介することになるかもしれないよと、家内にとびっきりのうれしい顔を残して駅に向かったそうです。

駅前の横断歩道で。もちろん、青信号でした。歩いていたら車が！　目の前のお婆さんを助けようとしたそうです。

こんな若い人を身代わりにして残るなんて申し訳ないと、その方は後から訪ねて来てくださったんですが。

ほんとうに訳が分かりません。これからの人間がこうも簡単に連れていかれてしまうなんて。お嬢さん、そんなに泣かないでください。あなたの大切な人を思い出させてしまいましたかな。おまえ、お茶菓子でもお持ちしないか。ついでに新しいお茶も。

落ち込んだ私たちは仕事をする気にもならず、息子のパソコンを開いたりして、その姿を追い求めました。でも、仕事上のことしか入っておりませんでな、息子が紹介してくれるはずの人のことは、皆目、分かりませんでした。

メモでも残しておいてくれればいいのにと、家内はため息をついてばかりでした。まったく、考古学ばかりの真面目人間でしてなあ。

余計ガッカリして、毎日、毎日、家内とここに歩きましてな。ぼーっと海の向こうを眺めておりました。そんな時、あの史郎の言葉が浮かんできたのです。

――父さん、資料館を建てたいんだ。

家内もそのことを思っておりました。何分、お金の要ることで、言い出せなかったらしくて。私が、建ててやりたいんだが、と相談しましたら、ありがとうと……。

事故の補償金と、医院や土地を売って金を作ると市長に掛け合いました。

こういったものは保存方法とか難しく、設備も万全でなければならず、管理する資格者が必要ということもあって、個人ではものすごい財力がありませんとな、とても無理なんでしてな。市の発掘した他の遺跡の資料も展示することにして、議会の了承も得て、何とか造れることになりました。みなさまのご厚意で館長にしていただきましてな。この建物の土地部分はそのまま私の名義でよいとのことで、住まいもこうして建てることができました。もちろん、いずれはこの建物も市に寄付するつもりでおります。

資料館は史郎そのもの。

バルコニーからの景色……。史郎が、いつも、そこから遥かな国を眺めているようです。

「ああ、お嬢さん。長く、繰り言ばかり話してしまいましたな。せっかく、勉強のためにいらしたんだろうに申し訳ないことをしましたなあ」

そう言って老人はこたつに擦《す》り付けるように頭を下げた。

婦人は部屋の入り口近くにそっと座って目を腫らしていた。思いついたように目をこすり、ポットから湯を急須に注ごうとする。そんなふたりに向かい、裕子は居住まいを正して言った。

「いいえ、ありがとうございました」

「ほんとうに、あなた、こんなに息子のことをお話ししてしまうなんて。不思議ですねえ。ごめんなさいね、お嬢さんの哀しみを思い出させてしまいましたね」

婦人はやさしく言って、新しいお茶の入った湯呑をこたつの上に置き、どうぞと勧めた。

「そんな、息子さんをとても大切に思っていらっしゃることが分かって、とてもうれしいです」

裕子は背を伸ばし、息を整える。

「私も、とても大切に思っていた人を……。そのことを知ったのは亡くなって三カ月ぐらい後のことでした。ずうっと片思いだと思っていた人です」

「えっ、付き合っていらしたんではないのですか」

婦人は思わず口にして、悪いことを聞いたかしらという顔になった。

「はい、その人のことは発掘のアルバイト先で知ったのですが、みんなからの信望が厚くて、新入生の私も多くのことを真剣に教えてもらいました」

「まあ、息子もそういうふうにしていたんでしょうかねえ。学生の頃はあまり帰って来なくて。帰っても話なんてあまりしませんでしたからね」

「私に反抗してましたからな。いや、話すとまた反対されると思っていたかも知れませんなあ。お嬢さん、聞かせてもらえませんか、彼のことを」

老人は腕を組み、深く考えるように裕子を見つめ、その言葉を待った。

「彼、彼なんて言えるかどうか分からないのですが、彼なんて言えない程、私にとっては尊敬、敬愛と言うのでしょうか、とても、大切な人です」

「お嬢さんのような方にそんなに思われて、その人は幸せだったんですなあ」

「そうですよ」

老人と婦人の目が優しく笑う。

「でも、それは打ち明けていません。私の周りでは、彼に……彼と言わせてくださいね、彼に憧れている人が多く、目立たない私なんてと諦めていました」

婦人は、充分、あなたは目立っていますよと言いかけてやめた。

「やはり、たびたび同じ発掘に参加したりして、彼の人柄がより分かり、裏表のない、弱い人を庇《かば》う、いたわりの心を持った人だと思いました」

「息子も言ってましたな。発掘は泥にまみれて夏は汗だくで、冬は寒さの中でする仕事だから、人間性が丸見えになると」

「心の中まで見える……。その中で、息子は心から愛せる人を見つけたんですね」

呟いて婦人は目を押さえた。

ちょっと言葉を詰まらせ裕子は続ける。

「大学院に進んだ彼は遠くの発掘現場に行くことになり、同じ現場で働くことはなくなってしまいました。あ、大学が違っていましたので、そこでしか会う機会はなかったんです」

「え、二人で会うことはなかったんですか」

「はい、そんな関係では。会えないまま何年か経ちました。私も就職をして、ある歴史関係の雑誌社にですが、大した仕事ではなく雑用をしています」

ちらっと写真に目をやり、胸に手を当て、裕子はその時のことを語った。

「彼の卒業した大学の教授に原稿を依頼していたのですが、たまたま私が原稿をいただきに伺いました。そこで彼が助手をしていたのです。そして、初めてお茶を」

「よかったですね。うれしかったでしょう」

「はい、その後、何回か会えました。でも彼は、大事な仕事が始まるから当分会えない。仕事が終わったら、また会おうと……」

「まあ、仕事って、ねえ。ずっと、あなたに会えない程、大切なものだったんですか」

「そりゃあ、おまえ、このお嬢さんを迎えに行くためには一人前にならなくては、という思いも込めた仕事だったんだろう。男としてわかる」

老人は頷く。

「ありがとうございます。今は、そう、思えます。連絡を取りたかったんですが、住所を聞いておけば……。仕事上の付き合いだから誘っていただいているのだと思い、住所交換もしていなかったのです」

「携帯電話があればよかったですね。今は持つのは当り前になってきましたけど、数年前までは、まだ近辺の誰も持っていませんでしたものね」

婦人から労わるやるせないおもいが伝わってくる。

唇を噛んで気を取り直すように、

「一年半程経った頃でしょうか、職場に手紙をもらいました。仕事をやり終えた喜びにあふれた手紙でした。でも」

と言った裕子の目に、見る間に涙がたまっていく。

「でも、それっきりで音沙汰がなく。思い切って訪ねて行こうと。それでも、手紙の住所を訪ねる勇気はなく、勤務されているはずの職場に電話をしました。そうしましたら……」

「まあ、まあ、どんなに悲しかったことでしょう。分かりますよ、そのお気持ちは」

「もっと早く電話していれば。もっと、いろいろなことを尋ねればよかったんです。遠慮ばかりしていました」

「それは、彼が悪いんですよ。自分のことや好きだということを話して、お嬢さんにアピールするべきだったと思いますよ。うちの息子みたいで、はがゆいわ」

婦人は写真を軽く睨んで、ああ、息子じゃなかったという顔になった。

「打ち明けるのはなかなか照れくさいものだからなあ。あまりにも大切で言えなかったんだよ」

「だけど、はっきり言えばよかったんですよ」

老人と婦人の言葉はあたたかかった。

「せめてお花をと思いましたが、後に知ったことが申し訳なくて。何も約束した訳ではないのにお訪ねしてはと、行きそびれてしまいました」

「それは切なかったでしょうなあ。きっと彼はあなたが来てくださるのを待っていたんだと思いますよ」

静かに言って老人は遠くへ目をやった。

「それから何年も経ちましたが、ずっと思ってきましたが、少し前に同じ職場の人からプロポーズされました。迷っています。とてもいい人だからです」

「まあ、それはよかったですねえ」

ちょっとがっかりした心を隠し、婦人は明るく言った。

「私のことを、とても思っていてくださることが感じられて、どうしようかと旅に出ました。この資料館ができた時から行ってみたいと思っていましたので、ここに、ようやく、来れました」

「お嬢さん、それは、その男性の申し出を受けなさるべきでしょうな。あなたはお若い、これからの人だ。過去の人は過去。今は今。今が大切ですぞ」

老人は何かを振り切るように、いや、自分に言い聞かせるように、強く言葉を発した。

「そうですね。お嬢さんがよい方とおっしゃるのは、よほど良い方なんでしょう。良い方と思える方はそんなにあるもんじゃあ、ありません。ね、あなた」

そう言って、婦人は老人の方を見た。二人の目が寂しげになるのを、心の片隅で裕子はとらえた。

茶箪笥の上の写真が何かを語りかけるように、裕子を優しく見つめていた。水仙の花がかすかな香をはなった。

資料館

「今日は学芸員さんが皆お休みでしての。どうぞごゆっくりご見学を。ほんとはご案内したい気もするのですが」

資料館の入り口に立ち、老人はそう言って言葉を続ける。

「でも、お一人での方が落ち着いてご覧になれますな。いや、入館料はいりません。うれしい時間をいただきましたからな。な、おまえ」

傍らで婦人はいたずらっぽく、声を弾ませた。

「そうですよ。二人だけの毎日ですからね。それにしても、不思議です。学芸員さんのご都合で休館にとも思い、それに、いつもはもっと来館される方があるのですが。まるで、資料館が来ていただくのを待っていたみたい」

その作り笑顔から真の心が裕子に伝わってくる。

夫妻に送られて裕子は資料館に向かう。自動ドアが開いた。真正面の受付のパンフレットを手に取ると、左側に小規模なエレベーターと並んで幅広の階段があった。裕子はためらわず階段を上がった。

二階は各地域の遺跡の展示場となっていた。

入口から見ると、開け放した会場いっぱいに、石器時代、縄文時代、弥生時代と、古い遺跡順に出土物が並べられていた。

「きっと、一階は中世から近代の展示なんだわ。やはり、三階まで行ってみよう」

呟いてリュックの肩ひもを両手で握り締め、三階への階段を上がった。

階段の先の部屋へと、一歩、足を踏み入れると、奥の白い柱が目に映り、柱と柱の間はガラス張りとなっていて、射しこんだ陽光が裕子を覆った。ガラスには、入館者がぶつかるのを防止するためか、眺望の邪魔にならない箇所に白い鳥の絵がいくつか描かれていた。

「まるで鳥が飛んでいるよう」

眩しい光を手で遮《さえぎ》ると、その先に白い枠どりの自動ドアが見えた。裕子はそのドアを抜けてバルコニーに出た。

「わあっ」

裕子は思わず声をあげた。

青い空と、紺碧の海がどこまでも、どこまでも続いている。白い手すりにもたれ、遥か彼方に目をやれば、周り中、青、青、青。青いろの中に浮かんで、心も体も清らかに澄んでいくようだった。

「しばし浸らん、青の世界に。そういえば、あの方はいつの間にか言葉遣いが違ってきていた。たぶん、人によって使い分けていらっしゃるのだわ」

海を眺め、思うともなく婦人のことを思う。ふと、門の前で出会った時のことが思い浮かんだ。

「この家が」と言って、「いえ、資料館から」と言い直された婦人の目、切ないほどのいとおしげな眼差しだった。その目の先には資料館があった。

「海がよく見えるように。あれは息子さん……、史郎さんが海の向こうをいつも見ていられるようにと。きっとそう。この白い館は、ご夫婦の史郎さんへのイメージ。史郎さんの家、史郎さんそのもの」

涙がひと筋、ふた筋と頬を伝う。

ひんやりとした風が裕子の髪を揺すり、海は波しぶきをあげる。ジャンパーの襟を合わせた。

「思いがけず時間が過ぎてしまった。急がなくては」

バルコニーから部屋に戻り、あらためて室内を見回すと、中央に古墳の模型があり、入り口側に「姫の山古墳」と表示してあった。その周りには土器など出土した多くの展示物が並べて置かれ、ガラスケースの中には装飾品があった。どれもが見易くと考慮されているのが分かる。

「さっきは、外の景色に目を奪われて、通り抜けてしまった」

ごめんなさい、と模型に向かって頭を下げ、しっかり見ようと順路の表示に沿って歩く。壁際に本棚があり、各種の報告書がぎっしりと詰まり、その前の小さなカウンターに書籍が数冊、密やかだけど、誰もが目にする位置に置かれていた。

表紙に『姫の山古墳調査報告書』とあった。

そっと手に取れば、夫妻や学芸員の心が伝わってくる。

報告書を胸に抱き、模型の正面に歩き、ページを捲った。多くの写真や見事な筆致の実測図。

「ほんとうに綺麗なトレース。惜しい、惜しい人……」

目でその線をなぞり、ため息をつき、心はやらせページを繰った。最終章に編集責任者の考察が書かれていた。


……ほぼ、正方形の積み石。その上に円墳が造られている。この形は何を意味するのだろう。同年代の当古墳の近域では他に類例がない形である。古くは前方後方墳が見られるが、前方後円墳に移行し、ほとんどの首長墓はその形しか造営されなくなる時期と思われるのに。

それ以上に不思議なのは、青や緑、いわゆるトンボ玉といわれるものを含めた多くのガラス玉が棺中にちりばめられていた。中でも中央付近にあった一番大きなものは水晶のように透明で、しかも、うすピンク色だ。発掘現場の土の中から現れた時、この時代にこのようなものが、というのが正直な感想だった。トンボ玉や青いものは多くの出土例があるのだが、透明度の高いものはもっと後世に製造されたとされている。

………中略………

一見、現代のものと言っても差し支えないと思える。しかしながら、現場の状況をどのように考慮しても、後から埋められた形跡はない。現段階では、古墳造営時、被葬者の胸に抱かせて棺内に納められたと推察せざるを得ない。尚、玉の周りの土はかすかに赤みを帯びていた。分析の結果、玉は朱色の布に包まれていた可能性がある。

………中略………

今後、ガラスの研究をしていきたいと思っている。

「うすいピンクのガラス玉……」

裕子の心は騒いだ。どこに展示してある？

それは古墳模型に近接してバルコニーの手前に置いたガラスケースの中にあった。いかにも大切そうに、しかも海を見続けているように思える位置で透明な箱に入れられて。

「やはり、同じものだ」

慌てて降ろしたリュックから裕子は砂浜で拾った玉を取り出した。ガーゼのハンカチを開き、右の手の平に受けて、見比べようと、そっとケースに近付けた。

その瞬間、ふたつの玉が光を放ち始めた。

いつの間にか玉は裕子の手を離れ、ガラスを通り抜け、ケースに入り、光と光が引き合って、中の玉と重なるように触れ合って、輝く光の輪が、幾重にもまばゆく裕子を照らした。

光の中に裕子は見た。

古の衣をまとった男女がひしっと抱き合う姿を。

愛しげに、うれしげに。

ようやく

やっと　会えた

ふたつの心は語る。光とともに、切なく清らかな情景が、ほとばしって広がった。

瑠璃ふたつ――

「姫さま、また、こんなところへ」

老女が、やっぱり、というように駆け寄ってきた。

見つかった。また、来るねと小屋の柱にもたれかかっていた少女は、若者を振り返りながら、あわてて老女の方へ走り出す。長い髪がなびき、絹織物の裳裾《もすそ》が揺れる。

「待ってください」

追いかけるもう一人の少女。こざっぱりしたいでたちは侍女だろうか。

「来てはいけないと言っているのに」

少女たちを目で追って、若者は額の汗を拭った。粗末な着衣にも汗が染み入る。

いく棟か並んでいる小屋の中でも、茅葺で太めの木を柱にしたこの小屋は、他に比べて背が高くがっしりしている。

中央よりに棚が作ってあり、土や石の様々な鋳型が並べられていた。

藤蔓で編んだ目の細かい袋が棚にかけられていて、時折、朝日を受けて籠の中の物がきらりと光る。若者の足元には火が赤々と燃える土の炉があり、その真ん中に置かれたるつぼの中身が緋色に溶けつつあった。

「やはり、熱いですなあ。火を起こすのは」

若者の傍らで年配の男が言った。炉に風を送るふいごを持つ手や、額から落ちた汗が、土に沁み込んでいく。

「こんなところへか……」

「若、国に帰れば高貴なご身分。なのに、戦に敗れ、山越え海越え、異国の地」

男は痛ましげに若者を見やる。

「我々はともかく、あなたさまがこのような、玉造工房の見習い職人とは」

男が涙をこぼせば、たちまち周りの男たちの目も潤んでくる。

「その話はなしだ。ここでは身分などない。こちらで生きていけるよう、みな、必死で生活になじみ、言葉を覚えた。私を護るためと思う。それだけで充分だ」

「若……」

「そんなことより、私は、よいガラス玉を作りたい」

凜とした若者の言葉に人々の目が輝く。

《時は過ぎ、少女は匂い立つような乙女になった。美しさは口から口へと伝わり、遥か彼方の国の王が知ることとなった》

海風を受けて崖上に立つ乙女。お供と見える侍女が少し離れて佇み、辺り一面、若草が風になびいている。乙女はうすやかな衣で顔を覆い、緑の草の中にうずくまる。海風に漆黒の髪が舞い、揺れる衣の間から爛漫の春より麗しい横顔が覗く。

「姫さま、そんなに泣かれてはお身体にさわります」

侍女がそっと膝をつき、乙女の体を抱えて語りかける。心配げなその顔も涼やかで美しい。

「でも、でも」

「わかっています、お気持ちは」

そのまま二人は手を握り合った。その姿を撫で、若草の波が通り抜けていく。

高い山の雪も溶けかけた。春も終わり、翌月には見知らぬ国の王が、花嫁として姫を迎えに来るという。

「私には愛しい方がいます。母さまも分かっていてくださるはず。お父さまにはお立場を思うと打ち明けられぬ」

「父王さまはご存じです。あの満月の夜のことも。浜辺の木立の陰で、何もかも見ておいででした」

「えっ、あの夜のことを……。そう、そうでしたか」

乙女は、また、涙にむせび、侍女も堪えきれずに嗚咽の声を漏らし、それぞれ、月の夜のことを思い出していた。

《月の光が満つる海辺、白光に浮かぶ舟が一艘と十人余の人。六人が舟に乗る。残りは浜辺で見送る人か。いや、旅立つ人がもうひとり。濃い眉と澄んだ瞳。たくましく成長したあの若者だった》

「きっと、帰ってきてくださいね」

乙女は若者に声をかける。すがりつきたくともすがってよいやら分からぬげに手を合わせている。その姿に若者はたまらず乙女の手を取る。

「きっと帰る。あなたを忘れぬ。忘れるものか」

乙女の肩に手をふれた若者は思わず知らず、そのまま強く抱きしめた。恥ずかしげに嬉しげに、若者の胸に顔を埋める乙女。少し離れて見守る侍女と男たち。

「若っ、時刻です！」

「今、このときこそ発たねばなりなせん」

浜に繋ぐ舟の上で、男たちの声が密やかに響く。

「わかった」

若者は乙女をそっと押し離し、しばらく待てと舟の方に指図して居住まいを正す。月に照らされた横顔が凛々しい。

「姫、ありがとう。ようやく、私の夢が叶います。あなたのおかげだ」

懐から光沢のある朱の袋を取り出し、広げる若者。

「これをあなたに」

乙女は目を見張る。

「いただけません。それは、あなたさまのお母さまの形見。そのような玉を作りたくて、そのために、かの国に行かれるのではありませんか」

「いや、この玉はあなたにこそふさわしい。この色はあなたの頬。あなたの心のようなやさしい色だ」

「いえ、見比べるものがなくては、同じものは作れません。どうぞ、持っておいでに……」

言葉を遮って若者は乙女の手に朱の袋ごとそれを握らせた。

そのまま、乙女の手を包むようにして、

「どうぞ、持っていてください。これは、私の愛の証。同じものが作りたかった。でも、どうしても作れなかった。形や色、全てが目に焼き付いています」

乙女の目が一途に若者に注ぐ。

「あなたがお父上のお怒りを覚悟で、この舟を手配してくださった。海の向こうの国に、きっと、辿り着き、西へ西へと製法を求めて旅を続けます」

真っすぐ、乙女を見つめ、

「必ず、必ず、同じものを手に帰ります。その時、あなたと……」

そう言ってかぶりを振り、若者は後の言葉を呑み込んだ。

「えっ、お約束してくださるのですね。待ちます。私は待ちます。待っています」

「いや、あなたはこの国の姫。私の果てしない玉作りへの望みを叶えてくださった。それだけで充分です」

すがりつかんばかりの乙女の目を受け止め、見返す若者の瞳は、言葉とは違う激情を隠せなかった。たまりかねず目を逸《そ》らし、後ろに控える男を振り返った。男は木の箱を捧げ持ち、若者に渡した。明らかに異国のものと思える装飾がほどこされている箱だった。

「これは私が生まれた国のものです」

手の上で開ければ、黄金色が夜目にも眩しい。月の光は人々の驚きをも照らす。

「この冠は、今はない故国の領主の印。遠い大きな国の王から祖先が賜わったものという」

「そのような大切なもの受け取れません」

乙女は首を振る。

「今の私には国も身分もありません。ただ、あなたの手の中にある玉のような、澄んだ宝玉を作りたいだけなのです。父王にお見せください。慈悲ある王への感謝の気持ちです」

みな、静かに若者の次なる言葉を待つ。

「父王は立派な方です。異国の流れ人である我らを技術あるものとして称してくださった。最初は戸惑いながらも、人として扱っていただいた。各地に散った供たちはひどい目にあっています」

傍らに控え頷く男たち。

「でも、手放されたら、あなたさまがお困りになるのではありませんか」

乙女は若者を見上げる。

「大丈夫です。お父上のおかげで他の大切なものも取り上げられることなく過ぎました」

若者は舟の櫓を持つ男たちを見やり、周りで泣き出さんばかりにしている男たちを見る。

「どうなるやも知れぬ航海です。みなに分けて持たせました。この地に残す者たちにも……。どうぞ、この者たちをよろしくお願いいたします」

舟から、ひとりの男が、情を切るように、

「若っ、早く！」

と、声を放った。

ひたひたと足跡を残し、若者は舟の上。浜から海へ、櫓を漕ぐ男たちと、舟を押し出す男たち。月明かりが映す顔。光るは波のしぶきか、滂沱の涙か。

乙女は追いかける。

草履を脱ぎ棄て、素足が波を蹴立てて衣を濡らす。

春寒の水はまだ冷たい。

「きっと、きっと、お帰りください。待ちます。いつまでも。この世で結ばれなくとも、来世でひとつ……」

後の言葉を心で呟き、打ち寄せる波に乙女はたたずむ。箱を両袖で包み込み、強く握りしめる瑠璃の玉。

波が月に銀の光を返す。

出でゆく舟を見送り、銀のうねりを遮るように立つ、ずぶ濡れの男たち。低く吠えるように泣いている。

「姫さま、私……」

浜に崩れる侍女ひとり。指でなぞるは、あの若者の足の跡。声を殺せば、震える肩や背。

少し離れて木の陰で呟く人のある。

「ああ、あれも、若者を……」

月が木の間から照らすその人は、全てを知り、娘の願いを密かに叶えし、この国の王。

あの夜から月が欠け、また満ちてきた日を数え、ただ、海を眺める乙女と侍女。

我に返って乙女が言う。

「私が行かねばこの国が攻められます。この国の人たちは働き者でやさしい。私はその人たちを護りたい」

侍女も涙を浮かべ乙女を見た。

「みなも、姫さまを慕っています。どんな時も労わってくださるあなたさまを」

「みなのためには……」

乙女は哀しげに海を見つめた。


婚礼の日が近づいた。

乙女は日毎に元気がなくなり、式の数日前には床に臥してしまった。そして、間もなく息を引きとった。胸に置いた手の中には、さくらいろの玉の入った朱袋が、しっかりと握られていた。


抜けるような青い空に黄、赤、緑。長い旗指物が揺れてはためく。華やかな彩りの荷を担ぐ人々。遥かな国をめざす婚礼の列だ。ずうっと南には大きな湖があって、そのほとりの豊かな国を目指すという。馬数騎、見守るように、続く。

馬上には屈強な男たちの姿が見える。中でも一段と立派な装束の偉丈夫な男が、満足げに振り返る目の先には、きらびやかな御輿があった。

揺れる輿の中には、輝くばかりに美しく装った花嫁が涙を濡らし、

「姫さま、代わりにまいります」

そう、祈るようにつぶやいている。

花嫁を送り出した館の広間。王は願いを語る。

「みな、これは口外するものではない。これで、この国は安寧だ。あのものに礼を言わねばならぬ。娘に似ていたあのものも、娘と同じおもいを持っていた」

一同、頭を垂れて、聞き入る。

「そのおもいを出さず、承知してくれた時は、わしも胸が詰まった」

王は居並ぶ人々を見回し、言葉を発した。

「あのもののためにも、この国のためにも、このことは一切忘れてくれ。あのものは姫、私の娘に相違ない」

みな、王の心を静かに受け止める。

「幼い時に親を失ったあのものは、娘と姉妹の如く育った。作法も心得、露見する心配はない。だが、あのものが姫になる前に言い置いたことがある」

王は込み上げるものを抑えるように続けた。

「これから、私は、私を捨てます。その前にひとつだけ、お願い申し上げます。お墓を、姫さまのお墓を、あの崖の上に作ってあげてくださいませ、とな」

王の傍らに座り、袂《たもと》に顔を埋めていた母君が、

「私からもお願い申し上げます。あの若者は彼の国の王子。せめて、彼の国が見えるように。墓に娘が手にしていた玉と、枕辺にあった箱とを一緒に納めたく存じます」

と、王を見上げた。

「うむ、私もそうしてやりたい。だが、墓を造るとなると大仕事だ。もしや、湖の近くの国まで伝わってしまうやも知れぬ」

館の中は沈黙する。

やがて、髪もひげも白くなり始めた重臣が、考え深く口を開いた。

「王、それは、工人たちに造らせてはいかがでしょう。彼の若者を、みな大切に思っております。その若者がおもう姫のことを、人に漏らすものではありません」

「それはよい。土器をはじめ、玉類や鉄器の工人は、海を渡ってきたものたち。幸い、姫をも慕っております。彼らが造る墓は、異国人のものとみられるに違いない」
そうだ、そうだと、人々の目に安堵とよろこびの色が広がっていった。

墓造りが始まった。

墓の形は違えども　心は同じ
古い古いご先祖の墓に
似せた形に造ろうぞ
どうか頼むぞ　そなたたち
王の娘と知られてならぬ

やれ運べ　土を石を
やれ焼けよ　神の器を
あのおやさしい姫さまのために

われらの王子を慕う姫
われらの王子の心を見せよ
いつもわれらを助けてくださった
なさけぶかい姫さまに
この玉　この宝　捧げ入れん
われらが心をこめてつくりし宝玉
王子のかわりに姫の手元に

異国の民よ
わしらも加えてくだされよ
わしらにとっても大事な姫君
わしらに交じって蚕を育て
わしらを助け鍬を取る
そのお方のことをどうして
漏らすことなどできようぞ

それ掘れよ　それ引けよ
姫のためなら　土も石も重くない
姫はわしらの宝
土にしむ汗　わしらの心

さあ　人々よ
姫さまに海の彼方が見えるよう
帰り来る若者が
姫さまの目に映るよう
力を合わせ　心を合わせ

《砂が舞う。流砂の嵐が時空を超える。十年余の時を経て、若者は帰り来る。瑠璃の玉持ち、山越え野越え、大きな砂漠を超え行かん。いとしい人の待つ国へ》

できた、できた。あの類のいろのよなガラス玉。姫のおかげで海を渡れた。舟が故国に着いてからどれほどの年月を重ねたことだろう。

母の先祖の地を尋ね、故国を北へ。北から南、南から西の国へと。さらに、西へ西へと、河を渡り、山を登り、砂漠を歩き、ただ、工法を求め、辿り着いた異境の地。

修行に修行を重ね、原料や混合物の量、微妙な技法も身につけて。ようやく、おもいどおりにいろが出せるようになった。あれと同じものが手にできた。これ以上の喜びがどこにあろうか。

やよ、我よ。姫の元に帰ろうぞ。

供の者たちは、今頃、故国で元気にしているだろうか。あの舟の漕ぎ人たちは故国に妻子を残した男たち。戦に負けた国の民は哀しい。私について行くと泣いてくれた彼ら。

私より大切なもののために生きよと命じたが、妻や子に会えただろうか。会えていたならどんなにうれしいことだろう。せめて、みな、無事でいてほしい。

一人、我が身を案じ、旅を共にしてくれたものは、もう、いない。いつも、若、若と、案じていてくれた。私が目指す国に辿り着けたのも彼がいてくれたからだ。

父の代から、星を観、風を知り、山野を駆けて……。

われらの誇り高き知識人。私のために心を砕かせ、体をも弱らせてしまった。

安心したのだろうか。このガラスができて間もなく身罷った。帰りの道先案内人を手配して。

姫よ、姫。いとしい人よ。あれから幾年。

もう、すでに、嫁いでいることか。国を背負って生まれしものは、国のために生きねばならぬ。それでよい。民のため、国のため。だれの妻になろうとも、ひと目見せたい、この瑠璃を。

瞳はブルー、緑の宝石、頭に布を巻き、華やかな衣をまとった女人たち。金、銀の髪、黒髪も。みな美しく、目が眩《くら》む。

けれども、我が心に住むは姫ひとり。

さあ、帰らん、姫のもとに。

《砂が渦巻く、砂、砂。砂の地。砂の波は、たちまちに道を隠し、道を違える。命の水のオアシスも一夜にして移動するという》
ああ、道が消えた。水は何処《どこ》に。案内人とも、いつの間にやらはぐれしか。駱駝も荷物も砂の中。星観る知識も、鍛えし体も、役には立たぬこの嵐。

もはや、これまで。

神よ、神。もしも、われを哀れとおもう心があるならば、この腕に翼生やせよ。大きな翼。

はばたいて、はばたいて、われは向かう姫のもと。


若っ、若っ。

ああ、遅かりし、我らの到着。

はるばるお迎えに上がりし我ら。

若に従ったものの報せが届き、どんなに喜び勇んだことでしょう。若の命に背かぬよう、でも、案じる心は同じ。我らは彼と、密かに書を交わしていたのです。先王は武より知の人。我らみな、文字が書けます。

我らは、若のお心をいただいて家族と会えました。家族共々、瑠璃ができるのを、一日千秋のおもいで待っておりました。

瑠璃ができた。我が体はもう尽きる。若を護れ。

従者の報せに、別れの時、頂戴した宝を持ちだし、馬を買い、駱駝を走らせ来ました。書が通った絹の道を。

もう少し、早く辿り着いていたならば。

いや、これ以上、早くは来れぬ。

それでも、よくぞ、砂舞う地で若を見つけられた。

我らのおもいが通じたのか。

みな、見よ、これを。若の手に握られし瑠璃の玉。紅がうっすら、やさしきいろの宝。

それはそのまま、若の手に。もう、姫のもとに届けたかのごとく、微笑んでおられる。

そうだ、若は姫さまのもとにゆかれたのだ。

あれから、姫は嫁がれたと風のたよりにあった。が、しかし、我らの密かで確かな情報は、姫はすでにない。代わりの姫が男児を授かったという。その男児は、いつか、大王になるやも知れぬ相を持つとか。

国は安泰。これも、姫さまが見守っていてくださるからだと、あの国に残りしものたちが申しております。

王子よ　眠り給え　砂の地に　瑠璃を抱きて

海のむこうへ

冷たい風が眠気覚ましで心地よかった。裕子は船に乗っていた。下関から釜山への夜行フェリー。早朝の人のいないデッキに立って、船の進む方向を見つめていた。空は曇りだったけれど、裕子の心は澄んでいた。

あと一時間余りで韓国の地を踏める。国境は眠っているうちに越えてしまった。荒れる日もある海の路。昔の人は何を目印に航海をしたのだろうか。

船上の朝は寒いが、日の出の光景は格別だった。

徐々に増す光。薄手のジャンパーのフードを被り直して、裕子は小脇に挟んだ紙を取り出した。新聞の断片で「2000年1月」と文字が読める。

社会面に「驚き話」というコラムがあり、二つのガラス玉が映った写真入りの記事が載っていた。

〈同じガラス玉現われる〉

——ひと月ほど前のこと、北陸にある姫の山資料館で、若い女性が帰った後、陳列ケースのガラス玉が一個増えて二個になっていた。不思議なことに、ケースを開けた形跡はどのように調べてもなかった。現在、ガラス玉の成分を分析中である。資料館及び、市は女性を探している。——

新聞を折りたたみ、大きめのバッグにしまい込み、裕子は波の静かな海を見つめた。

あの日から五カ月……。副編集長、ありがとう。フリーライターになることを認めてくれて。ごめんなさい。真実の愛は、来世でひとつ。私は、やはり、恋を貫きます。ガラスの道を尋ねて書きます。きっと、彼が書かせてくれるでしょう。

フーッと、両の手に息を吹きかけて裕子はジャンパーのポケットから、古い一枚のはがきを取り出した。風に飛ばされないように、しっかり握って、小さな紙面に目をやった。

お元気ですか。突然、失礼ながら、ご住所分からず、勤務先におたよりします。

市の発掘終了。報告書完成。

やれたという喜びに浸っています。

ガラス　ギヤマン　瑠璃の道
僕はいきたい
君とともに

史郎

「おお、朝日が昇る」

「陸地がすぐそこだ」

「ほんとだ」

目覚めた人々が歓声をあげる。

朝霧のなかに、海の向こうの国が霞んで見えた。

鬼の祭り

秋の日は短い。

尾張の北に位置する村は山々に囲まれてあった。

その地形をより鮮明に照らし出そうとするかの如く、西の山の頂上へと陽が傾き始める頃、谷間の村に太鼓の音が響き渡る。

音を合図に、村の中心地にある天頭宮《てんとうぐう》から鬼の面を付け、身体は赤や緑の毛で覆った男たちが現れて、鬼祭りが始まった。

飾り館を曳く人、太鼓を敲《たた》き、笛を吹く人たち。賑やかに家々を回り、子供たちを見つけると襲い掛かる鬼。子供らは親の背に隠れ、親は庇《かば》い、盾になる。

「泣く子はおらんかあ。親のいうことを聞かん子は居ぬかあ。悪い子供は喰ってしまうぞう」

手に持った榊《さかき》の束で子供たちを打とうとする。

「おりませぬ。我が家はみんな良い子たちばかりです」

「ならば、去ろう」

家を出た鬼を追い、子供たちは恐る恐るついて歩く。

村中の家を回った後、天頭宮に鬼たちが集まる。

長い参道から楼門を抜け、舞殿で踊りを奉納し、本殿の前に榊を捧げる。それから脇の台に祀《まつ》った大量の榊を押し頂き、抱えるようにして境内に出ると、今度は人々が競って榊を奪おうとする。

大人たちばかりか子供たちも鬼を追いかける。榊を奪われた鬼が泣く泣くどこかに消えて祭りが終わる。

手に、手に、榊を持った人々は喜色満面で、手にできなかった人に枝葉を分け与えながら、西の山に陽が隠れようとしている家路を急ぐ。奪った榊で身体を撫でると無病息災を得るという。

夕陽は赤く染まり、天頭宮の背後の小山を照らす。

頂上には神社があり、境内から村が一望できる。

紅葉した木々の間に人影があった。拝殿を背にして、三人の男たちの誰もが腕を組んで村を見下ろしている。

「祭りはよいものよのう」

「あんなに人々の嬉しい顔が見られるようになるとは。戦《いくさ》がないのは何とありがたいことか」

「関ヶ原での合戦から二十六、七年になるのう」

「その前の戦ではわしらの親が奮戦し、手柄を立てたというが、叔父や兄が死に、宮のあちこちも焼かれた」

「そうじゃったのう。けれど大坂城が落ちて戦が終わり、徳川様の世になって、ようやく落ち着いて米が作れるようになった。多くの犠牲があって、今がある」

「それゆえ、祭りも賑やかにできるようになった」

「じゃが、この祭りがなくなるとなったら、村人は……」

「この由緒ある社殿もどうなることか」

「あの参道にある立派な楼門も。戦で焼けて前の領主様が再建されたものだ。それから二十年程しか経っていない」

「だが、この地ほど、条件にあった地はない」

男たちの声は重い。やがて、頷き合い、無言で薄暗くなる道を下っていく。

四方が山に囲まれた、まさしくすり鉢の底のような谷底の村に鶯が姿を現し、春を告げ始めた。

北、東、南、それぞれの山あいから雪解け水が流れ込んで村の中ほどで合流し、西南の山の麓から流れ出ている。

川の辺りに娘たちの笑い声が上がる。

「まだ、まだ、だよね」

「下手くそ。ホ、ホ、クチョ、ケチョ、だって」

籠を手にした二人の少女は堤の上を歩き、山菜を探して天頭宮の裏手から山に入って行く。

天頭宮の隣にある神明社では神主を迎え、春の大祭が行われていた。

冬から春への節目に、五穀豊穣、農作業の無事を祈り、当番を決めて神に祈りを捧げる。同じ敷地内には寺もあり、白鷹寺と言う。

寺には尼が三人住んでいて、学問の知識が深く、村の子供たちに書院で読み書きや茶の作法も教えていた。

書院は村人がお金を出し合い建てたもので、村の集まりに使っていた。

神主が帰り、大祭が終わった。役目を終えた村人は、天頭宮の舞殿に腰を下ろす。

「なあ、聞いたか」

「ああ、聞いた」

「何でも、村を流れる川を閉め切って、ここに池が造られるのだそうな」

「池？　どこにだって？　わしは聞いておらんぞ」

「この村にだ」

「村のどこに？　溜め池をか？　東の山の麓にか？」

「違う！　あの山と山に挟まれた川の出口を塞ぐということだ」

「塞いで高い堤防を築くのだそうな」

「何、堤防？　塞いだらどうなる？　どうなるか知っていて言うのか、お前たちは！」

「そうだ。大きな見たこともない池ができる。つまり、村中が池の底になるのだ」

「何のために」

「それは、だな。ほれ、ここ数年繰り返す日照りと豪雨。その度ごとに水争いが起こり、死者が出る。池を造り、出る水の量を調節し、用水を整備すれば水の奪い合いはなくなり、新田を築くことができるということだ」

「それで承諾したのか」

「いや、まだだ。明後日の常会で話を出すと庄屋さんが言うておられた」

「俺は反対だ！　何十軒もどこへ行くのだ。親、いや何代も前から苦労し、守ってきた土地だ。ここは潤っているのに、よそ村のために何で犠牲にならねばならぬ」

「そうだ。わが村は昔から帝《みかど》の倉があったと言い伝えがある。山や畑には大石が積まれていて、掘ると刀が現れ、見たこともない器の破片が出てくる。つまり、とてつもなく偉い人々が住んでいたやもと聞いておる。我らはその子孫じゃぞ」

「その地を離れてはご先祖様に申し訳が立たぬ」

「本当じゃ。ほれ、見てみろ。五年前にはめ込んだこの舞殿の見事な天井絵も水に浸かり、朽ち果ててしまう」

その言葉に人々は鮮やかな色彩の吉祥絵を見上げた。


池を造ることは白鷹寺の書院での常会で、村中一致で反対することに決まった。その後の領主直々の依頼書や度々の計画者たちの訪れにも、首を縦に振る村人は一人もいなかった。

だが、一軒に一両の立ち退き料と、天頭宮や白鷹寺など、村の主だった建造物への移転料が下付されることになり、日に日に承諾するものが増えていった。

ほとんど自給自足の生活で、お金がなくとも暮らしに困ることのなかった村人は、見たことのない小判を目にして行く末を安堵することができ、また多くの村々のためになると自覚し、心が変わっていったのだった。移転先はそれぞれが探し求め、準備を始めていた。

数軒から数十軒でまとまり山の奥へ、あるいは下流へと移転地を決めた。最も多くの人々が移転するという地は、この村から小山を越えて行かねばならなかったが、山間の平地で、荒れ果ててはいるが、用水を通し開墾すれば良い田ができそうな場所だった。

けれども、一軒、庄屋だけが残ると言い、誰が訪ねても、言葉を尽くしても、決心が翻ることがなかった。


稲穂が出る前の田は一面緑一色で、風が吹くごとに緑の波を作って揺れる。波の行く手にどっしりとした藁葺屋根の家が一軒建っている。縁側に腰掛け、庄屋は打ち寄せる緑の波の彼方を見つめていた。門の方で人の気配がした。

「だんなさま、お客さまです」

告げる下男の後ろに人が続いて現れた。

羽織、袴のいでたちの六人と村人一人。村人が言う。

「庄屋様、今日は計画された皆さまが、揃っておいでです。どうぞ、話だけでも聞いてくだされ。わしら村の衆はみな、庄屋さまと一緒に新しい村に行きたい。そして、新田を造りたい。そう願っておりますのじゃ」

「無駄じゃ。わしら夫婦はここに住む。ここの土地を出る訳にはいかぬ」

「庄屋さま、お心はよく分かります。お子を埋めた土地を離れるなど、水の底に沈ませるなど、到底できないとお思いなのでしょう」

「何故、それを」

「あの温厚な、ご自分より村人のことばかり思っていてくださる庄屋さまが、今回はどうしてと考えに考え、そうかと思い当たりました。だてに幼馴染はやっておりません。村人を代表して、皆さまをお連れしました」

「余計なことを」

「お話の途中、ごめんくださりませ。さ、皆さま、立ち話では何ですから、どうぞ、お上がりなされてくださいまし」

声を聞きつけて奥から出てきた庄屋の内儀、座敷にと一同を招き入れる。

座敷に通された大池築造の立案者たちは浪人で、この地から下流にある村々の代表だった。みな、勧められた座布団を固辞し、頭を下げる。

「すでに我らはそれぞれ、度々お願いに上がっておるが、藩からご下命を頂いた全員、揃ってお願いにまいりました。どうぞ、移転をご承諾頂きたい。我らは武士から百姓になろうとする者。その理由をお話ししたく参上致した」

「こちらの家も元は武士、古くからの家筋とのこと。そこもとの父上も信長さまに仕え数々の功績があったと聞き及ぶ」

庄屋は目を閉じ、腕を組み、言葉を発しない。

「拙者、いや、わしは、あの関ケ原で九死に一生を得た」

一番年長の男の言に庄屋の目が動いた。

「周り中、死骸だらけの中を彷徨い、家に辿り着いたのがひと月後じゃった。まだ若かったが、その間のことは覚えていないほど、心が虚ろになっていた。あの戦が、ほとんど一日で終わったなどとは到底思えない」

「わしの兄も戦場へ行って帰らなかった」

傍らからも声が出る。

「私は大阪の戦に行きました。昔、小さな城の領主だった父の縁で徳川さまの家来として、でした。が、敵の中に親しい友の顔を見た時の驚き。誰もが出世を夢見て敵味方に……。戦死した者も数知れず。禍根を断つよう幼い子まで斬首される……。大将の命令ひとつで東軍から西軍に。裏切り、策略、これが武士かと……。もう、たくさんです。武士が嫌になりました」

　壮年の者の言葉に年かさの一人が言う。

「関ケ原では大義ではなく、ただ駆り集められただけの者たちも大勢いた。倒れていてもそのままにされ、鳥や獣の餌食になり果てた。自分は何もできず、ただ呆然と見つめるのみで、家に家にと、ひたすら家を目指した」

　膝に置いた手が震える。その手元を見つめる庄屋の目に光が宿った。

「手柄とは人を殺すこと。やらなければやられる。生きるか死ぬか。雑兵は大将にとっては駒ではなく、踏み潰されてもかまわない蟻の如くでしかない。だが、殺した相手にも家族がいる。蟻にも命がある。そんなことを考える余裕はなかった。大阪城が陥落してから十数年、かつてない平和の時が続いている今になって、ようやくそう思えるようになってきた。だから、殺し合う刀を捨て、鍬を持ち、逝った者たちの喜ぶ世にしたいと願った」

　壮年者の目が庄屋の目を捉える。

「けれど数年前、日照りが続き、水争いが起こった。水がなければ作物は育たない。上流では川の流路を塞ぎ、怒った下流の人々が土手を壊す。夜見張る者と崩す者、農民同士が命の源の鍬《くわ》で殺し合うのです。これはどういうことだ。生きるとは他を殺すことなのかと思っている時にこの話が出ました」

「以前からの友や、村々の集まりで知り合った我ら、何とかできないものかと知恵を絞りました」

「戦には築城や堤防造りが不可欠です。土木技術も少しは会得する。その技術を生かすことを考えました」

「それで大きな溜め池をいくつか造れば良いとなり、あちこちに足を運び、踏査し、この地しかないと意見が一致したのです」

「日照り続きでも、この辺りは山に囲まれ、山からの流れが絶えず……」

「それが、この村を池の底に鎮めることとなったのか」

話し手の言葉を遮り、庄屋は重く言葉を発した。

「はい」

みな、一斉に手をつく。

やがて、平伏した身体を起こし、年嵩の者が次を続ける。

「そうじゃ、こんなに八方を山々に囲まれた地は他にない。東側が高い地形で、川の水は西に流れており、お椀の底のようになっているこの地は、西側の山と山の間の流れを堰き止め、堤を造れば湖のようになる」

「そして、杁を造るのです。水を調節することが出来るならば、水不足に悩む下流の地が潤います。ご領主様に申し上げ、尾張のお殿さまに進言していただきましたところ、鷹狩りにこと寄せてご自分の目で確かめられ、計画実行のご下命を賜わりました」

「池ができれば、灌漑用水を造り、新田を開発することもできます」

「命を掛け戦ってきた我ら、今の命は無いものだったかも知れません。髪一重の差で助かった命。どのように使えばと思い、このことに全てを掛けようと思いました」

「それは夢も願いも叶わず、散っていった名も無き者たちへの供養になるのではと我らは思います」

　座がしんとなる。

「供養か……」

　庄屋は呟く。

　しばらく押し黙って後、言葉を繋いだ。

「関ヶ原の戦いに……、我が一人息子は十七歳で徳川軍に加わった。我らも以前は領主に仕え、戦になれば刀を取り、平時は鍬を持つのが当たり前だったが、太閤さまの検知で農民と武士の区分をされるようになり、また、農民は刀を持つなとのお触れで刀剣類を差し出すことになった。けれど、父の太刀は家の宝。どうしても手放せず、蔵の奥深くしまい込んでおいた。今度は大きな戦いになるやも知れぬ。田畑が荒らされねばよいがと話していた折、倅《せがれ》はその刀を見つけ、我が家は元々、武士。この地が戦いに巻き込まれぬよう、みなを護らねばと、それを差して出て行った。わしらは必至で止めたが、夜深く、出て行ってしまった」

聞こえない慟哭が座敷を蓋《おお》う。勝手場で器が割れる音がした。

「あれから、行き先を探し、心辺りを聞き回った。徳川さまのご家来衆の足軽になったと分かった時、あの戦いが始まった。こちら側の勝利と聞き、ほっとして帰りを待った。だが、何日待っても音沙汰がなく、何の報せもなかった。それがある日、帰ったものの、鉄砲の弾が当たり片足を失って寝込んでいる人があると伝え聞き、探して訪れた。そうしたら、息子の名前に覚えがあると」

顔を伏せたまま、庄屋は懐から手拭を出し、握り締めた。

「確かに三成さまが陣取った笹尾山の麓までは一緒だったと。息子より少し年上とのことだった。苦痛を耐えながら、出世を夢見て雑兵になったがこんな身体になって申し訳ない。木切れの杖を突き、やっと帰れたあかつきに、父親は役立たずになってと言い、治療代も多くいると責める。母親に迷惑を掛けるばかりで、あの時、死んだ方がよかったと嘆いていた。わしは、親にとって居てもらうことがどれだけ嬉しいか。足を失っても手がある。筵《むしろ》も編めるし竹傘も作れる。と慰めはしたが、生活が苦しい百姓にとっては足がないことが如何に難儀なことかとも分かる。それでも、どんな身体になろうとも、やはり、帰ってもらいたかった」

奥から抑えようもない嗚咽が聞こえてくる。

「すぐにも探しに行こうと思ったが、何より村が一番とせねばならぬ身、穫り入れが終わり、年貢を納め、役目が一段落してから、毎日、毎日、西へと向かった。垂井の宿に泊まり、探し続けた。もう居ない、諦めろと誰が言おうとも、どうしても納得できんのじゃ。求める身体がないことには納得できんのじゃ。手で触れ、目で確かめなければ認めることができはしない。何処かに生きて暮らしているように思えてならなかった。ふと、帰って来てくれるような。もし、本当にそうならば、身体を見つけ、供養をしたい。雨に晒され、雪に埋もれ、水に浸かり、そんな風に倒れていると考えると、居ても立ってもいられなかった。そのまま朽ち果てて土になるのも自分だったら構わぬ。でも、我が子はこの手で抱きしめたい。抱き締めてこそ、残された者も心にその死を納めることができる……。きちんと供養して、あの世とやらに送ってやりたい。いや、抱きしめたい、一念じゃった」

誰もが俯《うつむ》き、身動ぎもしない。

「日増しに寒くなり、それまで家をずうっと守っていてくれた家内が、毎日、西の山に登って西方を眺め、伊吹山の雪が多くなるにつけ、あの麓にと……。きっと隠れて泣いていたのだろうけど、私の前でも泣くようになり、こんなに寒くなっては可哀想だ。作ったばかりの綿入れ胴着を持って行ってやりたい。自分も行くと言い出して」

庄屋は勝手場に目をやる。

「あの辺りは歩いても、田畑のある所は誰が片付けたのか、死者は居なかった。きっと、近隣の村人たちが何処かへ埋めてくれたのだろう。いつも、百姓はそんな役目を担う。もしかしたら、焼いて葬ってくれたのかも知れん。そうだとしたら探しようもないが、それでも山の奥、谷の底と探し続けてきた。山間に多くの遺骸を見た。駆け寄って、衣服を確かめ、傍らに分かる物は落ちてないかと木の葉を掻き分け、雪を除けた。違うと分かってもそのままにしておけなかった。そのまま打ち捨てられては、親も家族も悲しむだろう。何より、本人が彷徨っているように思えてな。中にはすでに身体が揃ってない者たちもいる。見るに耐えない人々を埋めて経を上げ、魂を送らねばと通っていた」

急に村人が頭を上げ、

「庄屋さま！　申し訳ありません。そんなこととは知らず、毎日、何処へ行かっしゃる。悲しみで気が触れてしまわれたのかと、わしらは噂をしておりました」

と言い、頭を畳に擦り付けた。

「そんな兵たちの姿を家内に見せられないと思っておりましたが、家内は、これから雪が多くなる。そうなれば、春まで見つけられない。どうしても行くと言って、綿入れを風呂敷に包み、背負って身支度を始めました。それではと、下男たちに留守を頼み、出掛けました」

庄屋は丁寧な物言いになり、座り直す。

「その日は宿に泊まり、翌朝、いつもと違う谷間に入り、川に沿って歩きました。朝方まで雪が降っていましたが、陽が射す頃には止み、割とあたたかな日となりました。それでも山の奥へ行くほどに雪が深くなり、川筋を頼りに分け入りました。ですが、着物は破れ、もんぺが解れ、藁沓《わらぐつ》にも雪が入る。それでも家内はよろけながら奥へ奥へと足を運んでおりました。このまま行けば二人とも——、見つけるまでは死ねぬと家内を説得し、引き返そうと振り向くと、来た方向からは見えなかった岩陰に何やら陽の光に反射し、煌《きらめ》くものがありました。近づくと、積もった雪からほんの少し出ている黒い物の先が光っていました。刀の柄でした。父が気に入って施していた象嵌が光を放っていたのです」

一同、「ほう」と声を放った。

「家内は狂ったように掘り起こし、綿入れを着せ掛け、雪まみれになりながら、抱きしめました」

庄屋は漏れ出す声を飲み込む。

「早くから雪がある所なのか、身体はそんなに傷んでなくて、近くにも数人、同じような若者が倒れていて、翌日、人を雇い、みな連れ帰り、この地で葬りました。そなたもあの時は世話になったの」

「いいや、そうとは知らず、何人も一緒に葬儀をするなんてと言う者もあり、訳を聞いても黙っておいでで」

また、ひれ伏す村人。

「あの、今、みなが引っ越そうとしている北の荒れ野は、庄屋さまが、あの地が良いとおっしゃったからですぞ。ああ、そうか。その言葉は、庄屋さまが大切な方を探し求め、あちこち歩かれ、いろいろ見られ、その記憶から考えられてのことと、今、分かりました。それならなおのこと、みなを引っ張っていっていただかなければ。我らは庄屋さまと共に移りたく思います。一代にあるかないかの大仕事です。それには強く指揮をとる者が必要です。どうか……」

村人の必死の目を庄屋は逸らす。

「みな息子と一緒の場所に埋めましたが、ひょっとしたら探し求める身内の方々があるやも知れぬと。それぞれ身につけていた物も漆の箱に入れて納めました。それらも池の底になってしまうと思うと、申し訳ない。我らの息子は帰って来ましたが、まだ、愛しい人を探しておられる方々があると思われてならぬ。その場を水に浸けるなどとは到底許せるものではない。逝った者と残された者。戦とは無情なもの。はて、どうしたものか」

「どうぞ。お茶を」

内儀が盆を畳の上に置き、載せた湯呑を客人の前に配って下座に座り、庄屋に向かい手をついた。

「お前さま、みなさまの前で口出しはどうかと迷いましたが、やはりと申し上げます。この村の人々は数百人、下流で暮らす人々は何千人、いえ数万人。もっと多くの方々が飢えずに暮らせるならば、きっと、そう念じていた息子も本望。でしたら、この村を去ってもよいのではと……」

内儀は続ける。

「平和の世が来て。食料が豊かになれば、戦わなくてもよいのではありませんか。そうなれば、戦など起きないのではと思います。お武家さまは違うのでしょうけれども、戦になり村々から駆り出されるのはいつも若者。そういった者たちが最も前に行かされるのだとか。武将の方々はその誰が死のうとも心が痛むことはないのでしょう。けれど子に守られて生き延び、子の命を失い、親が生き延びて何としましょう。できることなら、あの時何としても引き留め、私が槍や刀を持ち、子を守り、子の楯になりたかった。もし、このあと戦があれば、若い人を残し、私が行きます。老いた者が後の世を託す若者たちのために死ねれば本望です。戦で死ななくてよい、そんな世はみなが豊かでこそと思います」

そうではありませぬかと内儀は庄屋を見つめる。

「村が池になれば戦場になることはなく、それで平安が訪れ、みなさまの命をつなげるために新しい村を造るなら、多くの戦で彷徨う命も浮かばれましょう。そして、お前さま、この地が池の底になるということは、誰も直に土を踏む者がない。そうです。息子たちは水に清められ、魂が浄化され眠ることができるのではありませんか。本当に子より長く生きるなど、済まなくて、到底、納得できるものではありませんが、まだ私たちは村の方々のお役に立つことができます。それが供養になるかも知れません」

「そうか」

庄屋は頷き、湯呑を手に取った。

その後、庄屋の指揮の下、山を越えた北の地に村人は集落を造り始めた。家を建て、沼地を耕し、用水路を掘削し、村の形態が整うのは果てしなく遠いことのように思われた。だが、思いが一つになれば人々の力は大きいものになる。


村に残る大きな積石。古人が眠る墓なのだという。

そのまま池の底に、いや、古い昔に繋がる人々のものともいう。その縁を頂く我ら、むげにはできぬ。

その中に刀が埋まっているのを見たことがある。

なれば、せめてその刀だけでも掘り出して、今度築く堤の上に塚を造って弔おう。我らが祖先の由緒の証。

そうだ、天頭宮をそのまま移築せねば。

山の上の社も、神明社も、白鷹寺も。

瓦を荷車に乗せ、垂木も柱も運ぶ峠越え。

何ひとつ残してならぬ。村人の心が運ぶ宝物。

長い参道は村人が均《なら》し、基壇はみなで突き固める。

やがて、宮大工の手で立派な社寺が完成した。


新しい村に住まいが形造られ、田も用水も完成に近づき、いよいよ川を堰き止める工事が始まった。山に囲まれた村には山々から水が集まってくる。唯一の水の出口は村の西にあり、岩盤の間を南西の集落へと流れ落ちる。

その流れを一旦止め、山と岩盤を繋ぐ百間ほどの堤を築くのだ。

工事人夫に混じって村人も働く。川の両側から徐々に重い石を運び、土を運ぶ。数か月後、ようやく繋がり、流れの速い川は堰き止められた。川の水が堤の中に溜まり、水嵩が増してくる。

喜び合う人々。だが、次の瞬間、爆発したかのように堤が崩れ、見上げていた人夫が濁流に巻き込まれた。強い流れがほんの少しの綻びを見つけ、わずかに漏れ出て一気に噴き出し、多くのおもいを崩壊させる。

人々は呆然となった。だが、やらねばならぬ藩命の工事。再び挑戦が始まった。けれども、流れの勢いは強くて速い。その度ごとに同じことの繰り返し。工事費が増し、犠牲者も増えるばかりだった。

そこで、河内の国から技術者を招くことになった。河内の国は湾が入り組んでいた低地。故に治水工事の技術は高い。その地の築堤の名人という人を得た。

川に長い木の橋を架け、夥《おびただ》しい油をしみ込ませた木や枝を乗せ、その上に大量の土と石を積み上げ、火を放ち、一気に土石を落とした。轟音を上げ水しぶきが跳ね上がり、流れが確実に止まった。

目に確かめた人々から地響きのような歓声が上がり、山々に木魂し、広がっていった。


水量を調節する杁《いり》も造営され、満々と水を湛えた大池に、夕陽が映る。人々が百間堤と呼び始めた築堤上には数々の刀を納めた塚がある。

東西南北、四方の山々が池を見下ろす。

刀塚の傍らに立つ影ふたつ。

新田と名のついた村の庄屋と村人だった。

「庄屋さま、この眺めは本当に美しい」

庄屋は答えず、池の水面に目を移す。

「あれから三年。新しい村も家々が揃い、田畑も作物が多く穫れるようになってまいりましたなあ。あの庄屋さまの決断で……」

「いや、村の衆のお陰だ。わしの力なぞ、何の役にも立っておらん」

村人の言葉を遮り庄屋は頭を振った。

「それより、あの地に若者たちの遺品を埋めてしまったことが、よかったのかどうか。心にかかってならぬ。探し求める親たちの目に触れることがもうないのじゃ」

「いいえ、それでよかったのでは。ご子息の刀も……。刀塚に一緒にと申し上げたら、そのままでと。この夕陽も底に届いておりましょうぞ。明日は久しぶりの天頭宮の鬼祭り。みなで移した楼門も、舞殿の天井絵も、以前のままに輝いていています」

「うむ、そうだな。再び、鬼の祭りができる。古から繋がる我らの祭りじゃ」

二人は大池に背を向け、歩き出した。

その背も山も池も、全てが赤に染まっていく。

雪解け

音をたてぬように鈴《すず》は障子を開けた。

縁先から冷たい空気が入り込む。まだ薄暗かったが、夕べからの雪が止み、東の空低く射し始めた朝の光が雪に反射し目に痛い。早春とはいえ雪はまだまだ降る頃で、離れから母屋を見ると、茅葺屋根は完全に雪に覆われ、濡れ縁の前の南天も雪の重みで枝が下がり、庭石も綿帽子を被っている。離れの脇にある小灯籠が風を防いだのか、その足元に雪がうっすらと積もり、福寿草が頭を覗かせている。

「間もなく卯月。雪が解ける。私たちの心は何時解けるのだろうか。宗三郎さはまだ眠っておられる」

振り返り、鈴は奥の部屋に目をやった。離れは襖《ふすま》を挟んで、六畳と四畳の二間続きになっていて、六畳間には床の間と押し入れがある。こちらの四畳間には化粧鏡と衣桁が置いてあり、押し入れも付いている。鈴はそっと布団を畳み、押し入れに入れた。

化粧鏡の前で衣服を着替え、前掛けをつけ、襷《たすき》をかける。紅を少し唇にのせると、明るい顔立ちに影が差していたのが消えた。

渡り廊下から母屋に行くと、姑の節《せつ》が竈《かまど》に灯を入れていた。下女のかよは兄の婚礼があるからと、七日ばかり暇を取り、海沿いにある里に昨日から帰っている。

「まあ、お母上さま、すみませぬ。私がいたします」

「なんの、まだまだ大丈夫です。昔とった杵柄、きちんとご飯は炊けまする。それより、今日は城へ出仕の日、用意はよろしいですか」

「はい、整えてあります。私がというより、宗三郎さまがほとんどされてしまいました。お母上さまの躾《しつけ》がよほどきちんとされていたのだと感心しております」

「真垣家の三男として何処に婿入りしても恥をかかぬよう、一応は教えましたからのう」

そう言って、節は、あっと口を押さえた。

「ああ、すまぬ。以前のことは言うまいと思っていたのに」

「いいえ、お母上さま、大丈夫です。私も同じですもの。もし、昔のことが話に出ましたら、他意はないと、ご勘弁くださりませ」

二人の目が悲しい色に変わる。

「あ、煙が目に沁みてきた。ここはそなたに任せます。納屋に行って土間に埋めた芋などをとって来ましょうかね」

節は立ち上がり棟続きの納屋に向かった。納屋には井戸と流し場があり、隅々にぎっしりと藁や薪が積まれている。その横に掘った貯蔵穴には、逆さまに並べた根菜類が土を被せ藁を乗せて保存してある。

納屋の東隣には中間《ちゅうげん》の太市と小者の弥平が寝起きをしている長屋があって、長屋から門先にかけて雪が掻き分けられていた。開け放した門の向こうに雪掻きをしている太市と弥平の姿があった。その先に藁屋根が見える。先々代から仕えている若党の竹田佐内の家だった。

朝食を取り、間垣宗三郎が二人の供を連れて城に向かい、佐内は領地の見回りに出かけた。

鈴は後片付けをし、洗濯を始める。盥《たらい》に汲み上げた井戸の水は温かい。

江戸に幕府が置かれて三十数年、三代将軍家光の時。越後の国、五万石の城下は米作り奨励のためか、城の周りの土地を残して一面の田が広がっている。

郡奉行の一人、間垣家は知行百石取り。先々代が藩主の転封とともにこの地に移り、拝領した土地は城から離れていて耕作地は少なく、その代わりに二つの小山があった。山の雑木は焚物や炭となり、山で採れる蕗や茸と合わせ、領民の貴重な収入源となっていた。

薪は豊富だったが、領地の米は不足がちで、間垣家はいかに収量を上げるかが長年の課題だった。それでも農民の暮らしを優先し、本来なら郡奉行としてもっと置かなければならない使用人も最小限に絞り、手の足りない部分を鈴と節が補っていた。

米の収穫を上げるため、宗三郎の父、宗右衛門は土地の開墾を推し進めていた。沼という沼は田にしたのだが、それのみでは充分な収穫量の確保はできなかった。

やがて、間垣家としても小山のひとつには湧水が溢れていることが分かり、二十年程前から宗右衛門が先頭に立ち、小山の南斜面に水路を引き段ごとに畔を作り、棚のような田を造り始めた。ようやく軌道に乗り収量も増えてきた頃、それまでの無理がたたったのか、宗右衛門は倒れて、黄泉の国の人となった。


宗右衛門と節の間には三人の男子があり、長男である宗誠《むねしげ》が跡を継いで父の名を名乗った。開墾の指揮を執り、自らも田植えをするなど父の遺志を果たそうとしていたのだが、五年前の秋の暴風雨の時、収穫前の田に水を入れまいと用水の樋門を一晩中見回ったのが元で高熱を発し、父の後を追ってしまった。

次男は宗之輔と言い、遠縁にあたる隣藩の剣術指南役から腕を見込まれ、養子に入っていた。そのため部屋住みだった宗三郎が間垣家の当主となり、幼馴染の篠塚志乃を娶《めと》った。だが、志乃は病に臥せり、一年経つか経たないかの内に、帰らぬ人となった。

数年して、志乃の妹、鈴が嫁ぎ先から戻されてきていると知った節が、間に人を立てて請い、縁を結び、昨年秋に婚礼を上げたのだった。


太市たちが雪除けをした庭に鈴が洗濯物を干していると、母屋の戸が開いて節の声がした。

「鈴どの、干し終わったら、こちらで縫物をしませぬか。手が冷たかろう。早く囲炉裏に当たりなされ」

「はい、母上さま。すぐにまいります」

上がりはなの部屋の囲炉裏には鍋が掛けられていた。南側の障子に陽の光が当たり、部屋全体が明るくなっている。

鈴は前掛けで手を拭きながら部屋に上がった。

微笑んで節が針を持つ手を止める。

「大根と芋を煮ております。昆布も入っておりますよ」

「よい匂いですこと。お母上さまの煮物は天下一品です。でも、普通は下女にさせることもお母上さまはやってしまわれる、見習わなくてはと思っています」

「いいえ、それはそうしないと……。昔からですが開墾にはお金が要ります。先代さまや旦那さまのおもいがあります。それには人手を減らすより仕方ありません。主人が出かける時は槍持ちも要り、供として太市と弥平はどうしても必要です。本来の役目以外の薪割りや時には農作業も、そして、大変な屋根からの雪おろしも二人は一生懸命勤めてくれ、ありがたく思っています。そなたにもこれから苦労をかけまする」

「まあ、お母上さま、そんなこと。私はこちらに迎えて頂きましたこと、そして宗三郎さまのお手伝いができるようになれる日が来るなど、まるで夢のようです」

わずかに頬を染めて離れに向かう鈴。その背を節の眼差しが痛ましげに追う。

やがて鈴は離れから針仕事の道具を運び、節と向かい合って座った。

「まあ、畳とはいえ、そのままでは冷えます」

節が傍らの座布団を鈴の方へ押しやる。

「ありがとうございます」

二つ折りのくけ台を直角に広げて針山を右手に立てれば、他方は畳の上に位置を決める。鈴はそこに座布団を被せて座り直し、木綿の布を手にした。

「そなたは宗三郎の着物か」

「はい、夏に向かいますので何枚か肌着をと」

「私は古着を縫い合わせて座布団を作ろうかと思うてな。竈の腰掛用にもの。先ほど冷たかったからのう」

「それはおかよが喜びます。もうすぐ十五。働き者ゆえ助かっております」

「山崎村の名主から、姉の娘を行儀見習いにと頼まれて来てもらっていますが、よい娘でよかったですよ」

「そうですわ。ここの民はみな働き者で、この家を慕っていてくれるようで嬉しいです」

「それは先代さまから一生懸命、領民と共に田を増やそうと精出したからですよ。もちろん、城勤めもしっかりやってのことですがね」

「存じております。里の方でも田の開墾に力を入れております。こちらのお父上さまと父は同じ役目で碁が好きで、いつも兄と姉と私を連れて伺ったり、こちらのご兄弟と一緒に里に来てくださったりして、幼い頃はお二人が碁を打たれている間、私たちはよく遊びました」

「おお、そうじゃった。甚吾さまとは碁敵じゃったのう」

「姉上さまはこちらへ伺うのが本当に嬉しそうでした」

鈴はそう言い、あっと針持つ手で口を蓋った。

「すみませぬ。やはり、申してしまいました」

「いいえ、いいえ、逝きし人の話をすることが逝きし人の供養になるとか。私も二人、そして志乃どのを失い、どうしようかと思いました。まだ認めたくありません。三人は私の心の中にあります。今も生きているのです。一緒に生きて、私が逝く時、一緒に旅立ってもらわなくては困ります。そう思えば寂しさも薄まります。そう考えると生きてゆけます」

頷く鈴の顔が曇っていく。言葉少なくなった鈴を節はいじらしげに見やり、明るく言った。

「それは私の気持ちです。宗三郎の気持ちとは違います。それぞれの気持ちは違うからのう。ああ、そうじゃ。雪降り挙句の裸の洗濯と言って、雪降り後は暖かいものじゃ。今日はほんに暖かい」

節は鍋の蓋を取り、

「おお、いい塩梅《あんばい》に煮えてきた。雪が解けてきたから、おきぬばあばに煮物を少し届けて来ようかの。先頃、夫を亡くして一人暮らしじゃ。用水を掘るのにみなに苦労を掛けたから、困っている民があったら助けてくれよと、宗右衛門さまがおっしゃってましたからの。私が嫁ぎました頃、いつも野菜を持って来てくれました」

と、節は腰を上げ、縫物を片付けた。

では、と鈴も鍋を降ろして台所に運び、鉄瓶に井戸から水を汲み入れて、囲炉裏に掛ける。

「どうぞ、転ばぬようにお気を付けて」

藁ぐつを履いて出掛ける節を見送り、鈴は囲炉裏の端に座った。

針を動かしながら、どうしても考えてしまう。

宗三郎さまの心には、やはり姉が住んでいるのだろうか、今も生きているのだろうかと。

婚礼の後、離れの別々の部屋で眠る。最初は戸惑ったが、まだ宗三郎さまは姉を忘れられないのだと思い、情の深さを思い遣った。一緒に暮らせるだけでも幸せ。わずかしか暮らせなかったお姉さまのお気持ちを考えたら、どんなに嬉しいことか、とも思った。


鈴は二十歳、宗三郎とは六歳離れている。

幼い頃、初めて間垣家を訪れ、開け放した玄関を父に手を引かれ入ろうとすると、奥の部屋で宗三郎が宗右衛門に叱られているところだった。田植えの時、手伝うことなく遊び回っていたのだった。

「けれども、父上、藩校でご家老のご子息から、武士はそんなことせずともよいと言われました。私は武士です」

「なるほど、身分高く、領地も多い家はそれでよいかも知れぬ。だがな、この家は百石、しかも田がわずかしかない。このままだと領民が飢えても年貢米を納めさせねばならぬのじゃ。そんなことはさせとうない。新田を開発すれば、その分収穫が増え、みなが潤う。それには人手が要る。子供も大事な働き手じゃ。武士とか百姓とか言っている場合ではないのじゃ。領民のことを思って、土地も人も栄えるようにするのが知行地を頂いた者としての役目だと、わしは思う。亡き父上もそうじゃった。それがまことの武士と思う故、わしは新田開発に命、いや、力を入れておる」

宗三郎の顔つきが変わった。父の言葉に頷き、居住まいを正し、お辞儀をして部屋を去った。その折の端正な横顔、真剣な眼差し、それらが幼い鈴の胸に入り込み、心に残ったのだった。

「おお、篠塚、来ておったのか。見苦しいところをお見せしたのう。さあ、こちらへ入れ、入れ。そこもとの娘はみな可愛らしい。我が家は男ばかりゆえ、節がよろこんでおる。田植えじまいの祝い日じゃ。ゆっくりしていってくれ。お、ご子息は一緒ではないのか」

「ありがとうござる。凜太郎は門前で宗之輔どのと出会うなり、お宮にて剣術の稽古をと、竹刀片手に出掛けてござる」

「して、ご長女は？」

「志乃は着くなり、宗誠さまに文字を教えて頂くと言い、離れへ走って行き申した。まったく、二人とも挨拶もせずにすまぬ。ご子息は間もなく元服。女子の身で気安く近づくでないと志乃には申しおかねばのう」

鈴より四つ年上の志乃は女ゆえ藩校には通えない。秀才と名の高い宗誠に教えてもらえるからと父より先になって間垣家へ向かうのが常だった。

「もしかしたら、お姉さまは……」

宗誠さまが好きだった。だから病に、と心の中で続けて、いやいやと鈴は首を振った。数ある縁談を断ってきた志乃が婚礼の日、白無垢姿で、これであの方と同じお墓に入れると漏らした言葉を反芻する。

宗右衛門の名を継いだ宗誠が亡くなり、宗三郎の元に志乃が嫁ぐことを知った時、鈴は自分の中に宗三郎を思う気持ちがいかに強かったかを思い知った。けれど、縁談は親が決めるもの、鈴は義兄として宗三郎に会える機会もあると心を慰めた。

間もなく、鈴は顔を合わせたこともない、甚吾の上司の息子と婚礼となったのだが、一年経っても子がなく、「子無きは去れという。産まぬ嫁は要らぬ」と、帰されたのだった。そして、すぐに新しい嫁を貰ったというその家には今もって子がないと、鈴は伝え聞いていた。

「宗三郎さまは私が二度目だから」

縫う肌襦袢に涙が落ち、滲んでいく。


夕方、帰宅した宗三郎はいつもと様子が違った。考え込んでいたが、囲炉裏端に節と鈴、佐内と太市、弥平を呼び、話し始めた。

ひと月後に江戸へ出立する参勤交代のお供を命じられたのだという。外様大名に発令された制度で、一昨年から始まって二度目となる。

「今回は江戸詰めの者と交代するようにと、殿のご下命があった。地元の者に藩の外を見せ、江戸に居る者も我が藩の有様を把握せよとのことだ。凜太郎どのと交代になる」

「それは、何と、めでたいことじゃ」

節が言い、鈴は宗三郎を見つめて目を伏せる。

「ついては、江戸でも供の者が必要だ。見栄を張って何人も従者を連れて行く家臣もおるが、当家は二人おれば充分だ。太一と弥平をと思ったが、この家に必要な者、連れては行けぬ。私がいない後が案じられてならぬ」

「まあ、そんな心配は無用じゃ」

節に続いて佐内が言う。

「そうでございますとも。私共、命に代えて、お二人をお守りいたしまする」

「私も」

「私めも」

太市と弥平が同時に声を上げる。

「かたじけない。それにつけては佐内、そなたの息子を連れて参りたい。一年、もしくはそれ以上、帰って来れぬがよいか」

「そ、それは願ってもないしあわせ。ありがとう存じます」

「だが、もう一人は誰にしたものか」

宗三郎の言葉に太市が、座を下がってひれ伏す。

「あの、差し支えなければ、私の弟を連れて行ってくださりませ。寺小屋で村の者に読み書きを教えておりますが、かつて、宗之輔さまから剣術も習っておりました」

「おう、それがよい。そなたの弟なら精出しで正直者であろう。そうすることにいたそう」

宗三郎の言葉に頷いて節が弥平に目をやる。

「もうひとり、弥平を連れて行ってはいかがでしょう。働き者で、何もかも間垣家のしきたりを知るものです。他の二人の助けになるかと思います」

その言葉に弥平は平服するばかりだった。

宗三郎は考え込む。

「そうしてもらえば助かりますが、母上、こちらはそれで良いのですか」

「心配ありませぬ。これからはこちらと江戸での働き手が要ります。以前、宗右衛門さまが人手が足りぬ時、田の見回りに連れて歩いていた者を雇ってくだされ。あの者なら真面目ですし、弥平とも親しい。みなが江戸から戻っても和やかに暮らせましょう」

「分かりました、母上。そういたします」

弥平は嬉し気に頭を下げ、佐内がひと膝乗り出す。

「若、いえ、殿。領内の名主も民も、先々代さま、先代さまへのご恩はよくよく深いものがあります。私共は心を合わせ、領内の見回りなどをいたしますゆえ、ご安心を」

佐内たちが席を辞し帰った後、宗三郎は仏間に入り、節と鈴を呼び、居住まいを正した。

「これから後、ご城下では新しい街造りが始まる。築城も進み、すでに城近くへ居を構えておられる方々もあるが、武士の屋敷はみな知行地から城の近くの地へ移ることになりそうだ」

「えっ、ここには住めないのですか」

鈴は思わず声を上げた。

「そうだ。城の周りに武士の家を配置し、町人はその外側に住まわせるという計画とのこと。今より屋敷は広くなりそうで、家来も屋敷地内に住む」

節も鈴も黙って宗三郎の言葉を待つ。

「そうなれば、今から心構えが要る。藩の援助はあろうが、参勤交代で多額の金が入用という。幸い我が領地は以前より豊かになってきておる。けれども、やはり倹約が必要だ。私が留守となると男手が足りなくなり、母上へのご負担や鈴への苦労を掛けると思うが、このまま人を入れなくてもよろしいでしょうか、母上」

「大丈夫ですぞ。鈴も働き者じゃ。二人、力を合わせまする」

鈴は手を突き、強く頷く。

その横顔を見て、節が静やかに声を発した。

――宗三郎が江戸へ発つことになったのも、何かの思し召し。何事も何かのお手配があるやも知れぬと、この頃思えてなりませぬ。

そう思い、あなたたちに申しておくことがあります。再婚とは初婚より縁の深いもの。それは、深い哀しみを知って、乗り越えたから故の出会いだと私は思います。

死しての別れも、生きての別れでも、心は傷つくものです。そんな哀しみを経てこその出会いです。どのような事情があったにせよ、出会わせて頂いたその縁を大切に思わなくてなんとしましょう。

思いあう心があれば、いかようなことも障害になりませぬ。何事も二人が出会うために必要なことだったのです。五十も過ぎると、本当に諸々のことは何ともなくなります。夫を亡くした今になって、後ろから従うのではなくて、もっと喧嘩をするべきだったと思うようになりました。

新田造りや子育てで忙しく、そして、周りに気を遣う暮らしの所為《せい》ではありましたけれど、私たちは本当の喧嘩をしておりませぬ。

従うばかりがよき妻ではないと気付き、その心を打ち明け、分かって頂け、思うままに夫と向かい合えたと思えた時、宗右衛門さまは逝《い》ってしまわれました。

それから、宗誠も。志乃どのも。

力を、心を失いました。

ですが、家と宗之輔。そして、宗三郎の行く末のみを思うことが支えとなりました。鈴どのを迎えることになって、どんなにか肩の荷が下りました。

あ、そうそう。子どもはできなくても構いませんよ。養子を迎えればよいことです。家督のためには両貰いということもあります。子どものために結婚するものではありませぬ。夫婦がお互いを愛しいと思うことこそが婚姻で、子どもを授かる、授からないは運命のままにと私は思います。

親の意向で決められて嫁いだ私は、子どもがすぐにできなくて、辛い思いをいたしました。申し訳ないと身を引こうとも考えましたが、でも、宗右衛門さまが、「節を手放さぬ。妻一人、幸せにできなくて民は守れぬ」と。

親さまやご親族に対し、何と強いお心だったかと思います。だから、何事も耐えてこれました。

母の望みはお二人の幸せのみ。

本当の喧嘩、というか、いつか心と心が結ばれ、お互いに助け合える夫婦になっていただけたらと思います。

ほんに私たちは二十数年一緒に暮らして、ほんのわずかの間しか真の心が見せ合えなかったなんて。

損をしましたね。

いつの日か、あちらへいったなら、それを取り戻したいと思うのですよ。

さあ、母の話はこれでおしまい。拙いことを申してしまいました。――


離れで行燈に灯を点し、宗三郎と鈴は向かい合う。

「鈴どの、江戸は遠い。無事に帰れぬかも知れぬ」

「まあ、そんなこと」

「その前に、やはり、言っておかねばと思う」

鈴が身を固くする。

「志乃……、志乃どのには想う人があった。そのことに気づき、その人に負けまいと思えば思うほど、志乃どのは傷つき、弱っていった」

袂《たもと》で顔を覆う鈴。

「そなたも無理やり離縁させられたとのこと。もしや、まだ想っておるやも。そうならば、またもや傷つけることになると」

「まあ、そんな」

袂を顔から放し、鈴は濡れた目で宗三郎を見つめる。

「鈴は幼き頃より、宗三郎さまを……」

二人の瞳の光が結びついた。

損をしましたね。

節の言葉が二人の胸に大きく広がる。

「鈴どの、いや、鈴。私たちは損を得にできるだろうか」

私たちは若い。しかも、生きている。

これから、時は取り戻せるのだ。

鈴はかすかに頷いた。

宗三郎は何も言わず、鈴の手を取った。


わずかに開いた板戸から漏れる光の先に、膨らみ始めた福寿草の蕾《つぼみ》があった

見守っているよ

川面に波紋を描き小舟が上流に向かっている。

船には夕日に赤く染まる影が三つ。船の漕ぎ手とその足元に幼い女の子、そして、中央に錫杖を手にした僧が坐す。漕ぎ手は石段のある岸辺に舟を寄せた。

「ここが村の船着き場です。足元に気をつけてお降りくだされ。さ、おきよ、家にご案内申せ。わしは庄屋様に話をして来るでな。お坊様、あばら家ですが、しばらく我が家でお待ちください」

僧の手をぎゅうと握り締めて石段を上がって行くおきよは五歳、三月前、母を亡くし言葉を失った。

父の嘉六は百姓の傍ら、頼まれれば下流の川湊まで人を乗せたり荷物を運んだりしている。その都度、おきよを連れて行く。

その日も村で穫れた野菜を運び終え、帰ろうとしていると、一人の僧に呼び止められ、村より上流にある街へ送ることになった。舟の中で嘉六が、身の上話のついでに、村にはお堂はあるけれど、先ごろ大きなお寺に住職が移られて、今は無住だと話すと、それではしばらくの間、そこに我が身を泊めてもらえぬかと、それはそれは温かな眼差しで、おきよを見つめたのだった。

茅葺の小さなお堂を朝日が照らし始める。

全戸数、十軒にも満たない村の朝は早い。

鍬を担ぎ、魚籠《びく》を背負った人々が、村の端にあるお堂の前で挨拶を交わす。

「おはようさん。みな、朝飯前の一仕事じゃのう」

「秋の日は短いからの」

「あれ、もう、鉈《なた》の音が聞こえる」

「ほんとだ、お堂からじゃ。ありがたいことだ。耳にすると、力が湧いて来るようだ」

「ほんにそうじゃ。あのお方がこんな小さな村に足を止めてくださるとはのう」

「今、うちのやつが朝ごはんの用意をしておるでな。何でも食べて頂けると張り切っていたぞ」

「昼ごはんはうちが当番だからな」

「夜は隣の家でご飯と風呂ということだ。何にしても、あの鉈や鑿《のみ》の音を耳にできる者は幸せ者じゃで」

それぞれがお堂に向かい手を合わせ、畑へ向かった。

おきよは毎日お堂へ通う。

障子をそっと開けると必ず人影がある。

仏間の隣の板縁で一心不乱に鉈や鑿で木を削る僧。

傍らで見つめ、おきよは破片が溜まると箒《ほうき》で掃き寄せ、小さな手に掴んで、父が作った木箱に入れる。

今朝も堂の前に立つおきよ。

今日は鑿の音がしない。

お堂の障子を開けた。

塵ひとつない部屋。

おきよの背から光が射し込んだ。光の先を追うおきよの目に優しい微笑みが映った。

「ああ、かか、さま」
おきよは駆け寄った。
が、それは木の香かぐわしい観音菩薩立像。
あの僧が彫りし像だった。
像に縋《すが》りつくおきよの耳に母の声が。
愛しいおきよ
いつも、いつも、見守っているよ

夢か現《うつつ》か映像が消え、笑みを湛えた円空仏が目の前に。

ここは名古屋の「円空・木喰展」展示場。

「やっと、お目にかかれた」

その一体の仏像は生まれ育った村のお堂にあったもの。だが、現在は博物館に寄託されている。

気づかずに像の前でみんなと遊んだ幼い日。

ある日、研究者が訪れ、世に知られることとなった。

その中には高校時代の恩師たちも……。

説明文に、《表情の優しさは三千体以上に及ぶ円空の観音菩薩の中で第一にあげられる》と書かれている。

もっと思考のアンテナを張り巡らしていれば、先生方にいろいろお聞きできたのに。祖父母や父母に尋ねることもできたのに。不明を恥じて見つめていたら、先の画面が目の前に浮かんだ。

幼いころに別れられた母を慕う円空さま。

きっと、仏像を刻むその耳に、「見守っているよ」と、お母さまの声が届いていたに違いない。

地蔵菩薩

空も屋根も緋色に染め、小山に夕日が隠れようとしている。やわらかい日差しは山裾にある集落の外れに流れる川面を赤く煌《きらめ》かせ、堤の縁に立つ地蔵堂も照らし沈んでゆきつつある。

年のころは三十二、三か、おなごが一人、小さな地蔵堂に向かって歩いて行く。手には赤い布が揺れている。

地蔵堂の扉を開け、お地蔵さまに赤い帽子を被せ、よだれかけの紐を結び、前に座り込んで手を合わせる。合わせた手がすぐ顔を覆い、その指の間からしずくが溢れ出し、丸い背が揺れ、呻《うめ》くように泣き声が漏れた。

後を追って来たのか、男が近づいて後ろからおなごの肩に手を置いた。おなごは振り向いて涙の顔を男の胸に埋め、肩を震わせた。

「仕方ない。仕方ないのだぞ、お喜和《きわ》。領主さまのご命令だ。どうしようもない」

「やだ！　いやだ！　誰がどう言おうと、いや！　このお地蔵さまは稟太郎《りんたろう》。稟太郎の代わりにここで微笑んでいてもらえると思ってきたから、私も生きて来られた。それを、ひどい！

何と酷《ひど》いことを……」

「徳川さまの世から新政府になって、この国に仏様は要《い》らないというお達しだ。あちこちのお寺が火を付けられ、石仏が壊されている。この藩も間もなく県となるのだとか。何もかも変わる時代なのだ」

「時代が変わっても心は変わらない。やっと授かった子を失い、その供養にお地蔵様をと思い、そのために一生懸命働いてお堂も建てることができたのに。それが無くなるなんて。どうにかなってしまう。壊すなら私も一緒に」

男は抗う喜和を、なお強く抱きしめた。

「私とて同じだ。やっとできたわしらの子。その子が近所の子を助けて水に流されて……。年が経つにつれ、余計に淋しさが募る。だが、このままここに置いておく訳にはいかぬ。村の衆に木端微塵にされてしまう。だから」

「だから……」

喜和が顔を上げた。

男は黙って喜和を抱く手を緩めて川面に目を移す。

「だから、何？　おまえさん、治兵衛さん。だから、だから、どうするの？」

喜和は治兵衛の体を揺する。

治兵衛は何も言わず、微笑む地蔵菩薩を見つめた。


治兵衛と喜和は山間にある一万石余りの小藩に暮らす百姓だった。藩の百姓はほとんどが元武士で、寺小屋で学ぶ者も多くあった。一方、武士という身分の者も、貧乏な藩ゆえ開墾や農作業を手伝うのは当たり前のことだった。

徳川の世が終わりを告げ、年号が変わり、明治政府となった。政府は「神仏分離令」で神仏混淆《こんこう》を禁じた。それまで、寺院と神社の多くは同じ敷地内に有り、僧侶が神前でお経を上げていた。令は神道を重視した政治制度を整えようとしたもので、廃仏毀釈を意図したものではなかった。が、神道が唯一と信ずる先導者がいた藩では、多くの寺が壊され、宝物も焼かれたり捨てられたりし、僧侶は還俗《げんぞく》するか神職となった。


畑に囲まれた一軒家に四、五人の男たちが濡れ縁から入り込む。

「あれえ、やめてくだされ。位牌もお骨もまだ中に！」

「うるさい、ばばあ！　危ないからどけ！　われらはみな神の子になるのだ。こんなものがあるから心が残る」

藁屋根の家から男たちが仏壇を運び出す。必死に男たちに縋《すが》る老婆。

「まだうちの人はその中にいる。その前でお経を読むと、笑顔が見えるんじゃ。やめて！　やめてくれ！」

男たちは構わず、庭に放り出すと備えておいた藁に火を点け、開いた扉に捩《ね》じり込む。乾いた仏壇はたちまち炎を上げる。

老女は叫び、火の中に飛び込んだ。

あわてて引き戻す男たち。

衣服を焦がし眉も髪も焼けた老女が、屈強な男たちの腕の中でもがく。

「わしを焼け！　子も夫も失った独り暮らし。いつ逝っても惜しゅうない！　ご先祖様を護り、供養するのがわしの務め。何もかもなくなってどうせよというのだ！」

涙を飛ばす老女の顔を赤く染め、炎が一段と強く上がり、崩れ落ち、まっ赤な木片となった。

離れてその様を見守る村人たちの中に、治兵衛と喜和の姿もあった。

穫り入れが終わり、吐く息が白くなり始めた頃、治兵衛は納屋でしめ縄作りに励んでいた。

喜和は備え付けた石の上に置いた藁把を木槌で叩いていた。叩く度に新しい藁の匂いが散って納屋に満ちる。

「喜和、里へ帰らぬか。私もついて行く」

喜和は手を止めた。

「えっ、突然に。おまえさまが私の里へ行くなんて、何年ぶりでしょうかね。違う藩だから行きにくいと言っていたのに。母がびっくりしますよ、きっと」

「親父《おやじ》さんに頼みたいことがあるからな」


新しい年が近づく。

藩では年が変わるまでにと、仏像を始め、路傍の石仏までも処分しようとしている。寺の本尊も脇侍も、壊され、あるいは他藩の寺へ二束三文で売られた。割られた石仏は心を試す故か、道の真ん中に埋められている。

空が白みかける頃、村外れの地蔵堂の前に二つの影が動く。傍らには大八車か。

男が地蔵堂の扉を開ける。

「喜和。よいか、俵をこちらに広げてくれ」

「はい、おまえさま。俵の上に、藁と綿入れ胴着を何枚も広げましたよ」

「よう気がついたな」

「だって、大事な我が子ですもの。重いから気をつけて」

「何の、我が子と思えば重くない」

そうっと抱きかかえ、広げた俵に運び込む。胴着で地蔵を包み込み、俵を手早く縫い合わせ二人で大八車へ。

「まあ、こんなに重い。よくお堂の外まで運べましたね」

「そうか、重いか。運び出したい一念だ。できたらお堂も持ってゆきたいが、無理だな」

「そんな、お地蔵さまだけでも。おまえさまが決断して下さって、何とありがたい」

地蔵尊と台座とを入れた俵を大八車に括《くく》り付け、山の道を南へと下る。治兵衛が曳《ひ》き、喜和が後ろから押す。

「もうすぐ雪が積もり始める。その前に運ばなくては、な。お前の里に預けることができる。親父さまが承知して下さったからだ。本当にありがたい」

「私の里では神社とお寺は分けられたけど、お堂や仏さまを壊すまではしてませんからね」

「おまえが隣の藩から来てくれていてよかった」

治兵衛は大きく頷き、大八車の曳《ひ》き手を強く握り、足を速めた。東の空が明るくなり、鶏の鳴く声が山々に木霊《こだま》する。

喜和の里へは大きな川を下る方が早く行ける。

船着き場に着いた。羽音がして、鳥が数羽飛び立っていく。かねてより手配をしていた舟が一艘岸壁に繋いであった。ちょうど大八車一台が乗る大きさだった。

船頭が居るはず。堤の枯れかけた葦が揺れた。

現れたのは船頭ではなかった。

「あ、河野《かわの》様。松本様も」

近づく二人の武士の後ろに馴染みの船頭が立ち、必死の形相で頭を振っていた。

「治兵衛、どこへ行くのだ」

「へえ、家内の里へ米を届けにまいります」

「ほほう。おまえの家ではそんなに米が余っているのか。藩の財政は厳しい。余るなら差し出してもらおう」

「いいえ、いいえ、松本様。米は、余っている訳ではありません。けれど、我らは二人暮らし。

これの実家は子供が多く、いつも米が足りなくなると聞き、せめて少しでもと運ぶことに致しました」

治兵衛の声は穏やかだ。

「そうか。それならその俵の中を見せてもらおう」

若い武士が大八車に歩み寄り、小刀を抜くのを見て、治兵衛は俵の前に立ち塞がり、喜和もその横に並ぶ。

年嵩の武士が徐に手を上げる。

「まあ、待て、松本氏《うじ》。俵を開けたら米が零《こぼ》れてしまう。治兵衛はわしの先祖に繋がる者、わしが保証する。行かせてやれ」

「ですが、河野様、もし寺にかかわる物を持ち出すなら見つけて焼けとの御達しです」

「いや、どこもかしこも道端の石仏は壊して土中に埋めておる。寺の什物を安く売ったりしている僧もある。それなら、みな運び出して、この地から無くなれば我らの手間も省けるというもの」

「甘い。そんなことを言っていては改革などできません。それに藩の命令で武士の身分ではなくなる我ら、この先どのようになって行くのやら。今、新政府の方針に協力していることを見せておかねば」

「そうか、そうだな、それでよかろう。そこもとは若い。これから生きねばならぬ。我が身はもう充分生きた。いつ死んでもよい。だが、死んだ後、一体どこへ行くのか。神か仏か。自分の信ずる方へ行きたい。他人に決めてもらう道でもない。最後ぐらい自分で決めたいものよ」

「何を言われる河野様。殿のご命令は絶対だ。我らの道は決まっております」

河野は松本の言葉を聞き流し、大八車を舟へ乗せよと治兵衛に命じた。

舟が岸を離れる。

治兵衛も喜和も船頭も一様にほっと顔を見合わせた。岸辺に目をやると、河野が舟を見送るように立ち、その向こうに松本の姿が見え、拳を握りしめ河野の背を睨みつけていた。

いつしか、雪が舞い始め、ひとつふたつみっつと数えるように川面に落ちて消えていった。


やがて村は白一色に染まり、新しい年を迎えた。

一番鶏が鳴く前から、人々の声が門前に聞こえる。

「まだ、暗い。だが……」

治兵衛に促され喜和も正装し、神社に詣でた。昨年までは人通りも少なかった道に人の列が続いていた。

「おめでとうございます」

「本年もよろしく」

人々は挨拶を交わし、社殿の前で神妙に柏手を打つ。

参道の脇では篝火《かがりび》が焚かれ、周りに四、五人の人が立っていた。その一人に治兵衛は愛想よく挨拶する。

「あ、松本様、おめでとうございまする」

「お役目、御苦労様でございます」

喜和も頭を下げる。

松本は軽く会釈し、二人の顔を凝視する。

その目に喜和は、満面の笑みを返した。

「どうぞ、良いお年になりますように。今年もよろしくお願い申し上げます」

「う、うん、お互いに」

松本の目が細くなり、傍らの男に「よし」と、声を掛け、そこに本堂があったはずの神宮寺の礎石に腰を下ろした。

家に帰り紋付袴を脱ぎながら治兵衛は辺りを見回し、着替えを差し出す喜和に小さく言った。

「先程は、はっとした。ああして誰が来ないかを観ているのかも知れないな」

「おまえさまもそう思われましたか。本当に怖い。でも、そうかと思い、余計嬉しげな顔でご挨拶しましたよ」

「本当だ。俺も見たことがない顔だった。あれは」

「まあ、おまえさまは、そんな冗談を。子を守りたい一念で、何でもできるのです。母は」

衣桁に着物を掛け、

「外が明るくなってきましたよ。さあ、お餅を煮ましょうかね」

と、台所に立つ喜和の背を治兵衛の声が追う。

「なあ、喜和。三日に里へ行って来ようか」

「はあい、おまえさま」

喜和の声が弾んだ。

竈《かまど》に火をくべる喜和の目から涙が溢れる。

喜和は治兵衛が同じ気持ちなのだと感じられることが嬉しかった。子を失っても、夫婦の心が違う人がある。治兵衛が稟太郎のことを過去の出来事だと言う人だったなら、喜和は生きることに耐えられなかったに違いない。

父母が暮らす隣りの藩は、神社にあった寺院が移されることはあっても、焼かれたりすることはまだないという。

実家は門前町の商家で、古道具屋を営んでいた。

古道具といっても使い古したものではなく、必要が無くなった人から買い取り、欲しい人に売る商売で、他の日用品も同じように商っていた。

喜和には兄が四人いたが、流行《はや》り病で三人が亡くなり、一番下の兄と喜和が無事に育つことができた。

そんな境遇のせいか、稟太郎が亡くなった時、両親は喜和の嘆きを我が事として受け入れてくれたのだった。

あの地蔵菩薩は実家の敷地内に安置し、実家の旦那寺に位牌も預けてあり、治兵衛夫婦にとって、足を運んで手を合わせるのが無上の喜びとなっていた。

喜和の兄は家業を継いだのだが、この辺りだけでは良い品が手に入らない。いずれはもっと大きな商売をしたいと、かつての江戸、今は東京に仮の居を構え、妻子を呼び寄せていた。

店の暖簾をくぐって足を踏み入れると、帳場に座る兄の姿があった。兄は愛想のよい笑顔を向け、「いらっしゃいませ」と言い、「何だ、お喜和か」と手元に目を移した。

「あれ、兄様、久しぶりに会えましたのにつれない物言いですねえ」

「志郎様、お久しぶりでございます」

「おお、治兵衛殿もご一緒か。奥に父も母もおります。ゆっくりして行ってくだされ」

「はい、今日はゆっくりさせていただきます」

治兵衛とともに下駄を脱いで上がり框《かまち》に立った喜和の目が帳場に広げられた絵に止まった。

「まあ、兄様、これは浮世絵ではありませんか」

「うん、昔、祖父さんが好きで集めていたそうな。ついこの間、蔵から出てきたと、昨日、帰ったら親父が広げて見せてくれたのさ」

治兵衛が覗き込む。

「大切にしまっておいでだったんですね。色が鮮やかだ」

「うむ、こういった絵を欲しいという人がある。そうだ、治兵衛殿、今の世、仏画でも仏像でも捨てる人があれば、私に一声かけてくださらぬか」

えっと治兵衛は辺りを見回し、

「そ、そんなこと、口に出してはいけません」

「大丈夫だ。そなたの藩と違い、我が藩は寺を無下に扱ってはおらぬ」

「兄様、みなが捨てた仏様をどうされるのですか」

「仏像も絵も欲しいという人がある。日本中、あちらもこちらも寺を廃する気運の藩が多い。仏を捨てるなど何ともったいないことをと思い、どうしたものかと考えていたら、知り合った外国人が買い取りたいと言うのだ」

治兵衛と喜和は顔を見合わせた。

「え、異国へ売るのですか。そうしたら、国の物が無くなってしまうことになるのではありませんか」

「いや、違う。国の物を無くしているのはこの国の人々だ。今、民は自らの手で、大切な自分の宝物を宝物と気付かずに、焼き消してしまっている」

「兄様……」

喜和は息を飲み治兵衛の袖を握る。

「招魂こめて刻み、描いた仏像や絵が目の前で壊され焼かれる。こんなことがあっていいものか。この国にあれば炭と化す物も、他国の人の手で守ってもらえることになるかも知れない。何でも、その人は多くの国々の宝物を展示する美術館や博物館というものと縁が深いらしい」

「でも、兄様、捕えられたりはしないのですか」

「うん、この藩では大丈夫だ。喜和の藩だとさらし首になるかな」

「まあ、いやですよ。縁起でもない」

治兵衛が震える喜和の肩を抱く。

「私どもの藩ではほとんどの物が壊され、焼かれております。もう何も残ってはいません。あ、でも」

何故か、治兵衛の脳裏に河野の顔が浮かんだ。


緑の葉の間に稲穂が見え始め、赤とんぼが舞う頃となった。緑の波が田の端から端へと打ち寄せては返す。

一面の緑の間の道を馬が行く。

馬の背には白装束で後ろ手に縛られた男が体を揺らして乗っている。揺れに抗うように毅然と背を伸ばし、前を見つめている。前後には警備の兵たちが連なっている。

道端の物陰に隠れて見送る人々があった。

「河野様」

「か、わ、の、さ、ま」

治兵衛と喜和も人々に混じり、密かにその名を呼び続けた。気付いた河野はしかと目を合わせ、頭を振り、目を逸《そ》らせた。目の前を過ぎる馬上の人を追いかけようとする喜和を抱き止め、治兵衛は心で手を合わす。

列の最後にもう一頭の馬が行き、馬上には二人を睨みつける松本の姿があった。

「兄様に河野様を引き合わせたばかりに」

「言うな、喜和。河野様も仏像を守るのがわしの務め、この身はどうなろうとかまわぬと、おっしゃっていたではないか」

「でも、私たちが生き延びて、河野様だけ」

あの時、東京へ帰る前に志郎は河野家を訪ねた。

「あればこそ、この国の人が目にする日が来ると思う」

心を尽くして話す言葉に河野は、実は打ち壊された寺の住職から仏画や仏像を預かっている。人目につかないよう、小さなものばかりだが、見惚れるほどに美しい。役目上、疑われることもなかったので、蔵にしまってある。だが、わしも若くない。死後を思えばどうなることかと打ち明け、志郎に全てを託したのだった。

けれど、松本が河野家に出入りする志郎を危ぶみ、下僕に金を握らせ、事の次第を聞き出した。

すでに妻子を離縁していた河野は、金が必要だったの一点張りで、志郎の素性も喜和たち夫婦のことも語らず、刑場の露となった。

村には全ての寺がなくなった。だが、喜和は里の家に通う。地蔵菩薩に手を合わせれば、幼い息子の声が聞こえる。

神様も仏様も人々の幸せを願っているのだよ、と。

銀杏

朝早い初夏の風が銀杏の若葉を揺らしている。

子供たちの声がする。

「朝から元気がいいのう」

伊井野るいは呟いて家の裏手に足を運んだ。

屋敷の北西に、大人二人でも抱えられない幹の太さで、いかにもどっしりという体で銀杏の木があった。ちょうど、るいの背丈の二倍ほどの辺りから枝が五本伸びていて、その部分が手の平のようになっていた。そこに丸太で小屋がつくってある。小屋まで梯子が掛けてあり、小屋からは太い縄が一本、ごつごつした幹の根元に垂れていた。根元には靴やゴム草履が散らばっている。

「おにいちゃーん、ふたりとも、やめて！　こわーい」

丸太小屋で泣きそうな顔をして女の子が見上げている。

右と左の太い枝では男の子が一人ずつ登り、それぞれ枝の先を揺らしていた。

「弱虫だなあ、佳世《かよ》は。ここから隣村がよく見えるぞ」

「こっちは西の山がきれいだ。佳世も登って来いよ」

「うん。たいちにいちゃん、ゆうじにいちゃん、まってて、かよもみたい」

泣きべそ顔の目を輝かせ、佳世が小屋を出て枝によじ登ろうとするのを見て、るいは声を掛けた。

「駄目だよ。佳世はまだ早い」

「あ、おばあちゃん。おはよう」

「おはよう。朝ごはんだよ。三人とも降りといで」

「はあい、おにいちゃんたち、さきにいくね」

佳世が梯子に足を掛ける間もなく、太一が小屋に飛び降り縄を掴み、するすると降りる。続いて雄二も。

「ふたりともずるい！　かよが、いっとうさきにおりるはずだったのに」

佳世は梯子の半分も降りていない。

「佳世があの縄で登ったり降りたりできるようになるのは、まだ先だね。危ないから気をつけて降りといで」

太一も雄二もすでに家の中。るいは佳世が足を運ぶ度に木から外れそうになる梯子を押さえた。

「ご飯を食べたら、一緒に名古屋に行こうな」

「えっ、ほんと！」

「うん、初おばさんの所へ行くんだよ」

「わあ、あきこねえちゃんたちにあえる」

佳世が声を弾ませ、るいに抱きつく。るいは佳世を抱き上げ、終戦から八年と、葉の繁る銀杏の木を見上げた。太い枝の間の銀杏の小屋に、笑い合う幾人かの子供の姿が目に映る。目を擦り、るいは佳世を降ろし、その手を引いた。

竹製の小さな乳母車に佳世を乗せ、田の中の一本道をもんぺ姿で、るいは歩く。佳世が座る薄い座布団の傍らには、新聞紙に包んだ玉ねぎ、ジャガイモと、布袋に入れた米や麦が入った古いリュックがある。その下に長い紐のついた巾着袋が覗く。るいの手に力が入る。

梅雨に入る前の青い空。少し汗ばむ額に微風が爽やかに当たる。道の両脇は苗代で、間もなく始まる田植えを待つかのように、緑の苗の葉が揃ってなびいている。尾張の片田舎の村から名古屋へ行く電車の駅までは歩いて小一時間かかる。

前から荷馬車が近づいて来た。

「あ、フンがおちた。ゆげがたってる」

通り過ぎる馬が揺らすしっぽに佳世が目を見張る。

「あと半分だよ。佳世、のどが渇いたろ」

るいは集落の端に建つ家の庭に乳母車ごと入った。

「ここはな、おばあちゃんの友だちの家でな、井戸の水をいただくでな」

玄関で声を掛けて、門の脇にある井戸の水を汲む。手動のポンプを上下に動かし、乳母車の隅から取り出した湯呑を洗い、水を受けて佳世に渡す。

「まあ、おるいちゃん」

引き戸を開ける音がして、明るい声が聞こえた。

「千和ちゃん、また水をもらうでな。ここの井戸水は美味いからこの子にもと思ってな」

「ああ、いくらでも飲んでって。可愛い子だね。連れて来るのって初めてだね。また、名古屋へかね。あんたは偉いなあ。嘉人《よしと》さんはもういないのに。あ、ごめん、寂しいことを言っちゃったね」

千和は慌てて口をつぐむ。

「ううん、いいよ。あんたがここへ嫁いでいてくれてよかった。何しろ駅まで遠いから。ここがちょうど真ん中辺りだからね。やっぱり、幼馴染はありがたい」

「そうさ、同じ村からこちらへ嫁いで来て。ここは新家だったから気楽なもんさ、と言いたいけど、本家がすぐ近くだから、ちょっとは気を遣ったさ。あんたは偉いお舅さんとお姑さんで大変だったよね。確か、五年前だね、康介さんが亡くなったのは。だけど、今は大丈夫だろ」

るいは深く頷き、佳世が少し飲んで返した湯呑に口をつけ、そうだ、うちの人が逝ってもう五年になるのだと思った。

「ああ、美味《うま》い。生き返るとはこのことだね。ありがとう。また、帰りに寄らしてもらうでね」

「うん、私がいなくても勝手に飲んでもらえばいいよ。家族にもそう言ってあるから」

「ほんとうに助かるよ。ありがとう」

「この子は電車に乗るのも初めてだろ。よかったねえ」

乳母車に近付き、佳世の頭を撫《な》でて千和が言う。

「行ってらっしゃい。気をつけてな」

「ありがとう」

笑顔を向ける千和に、もじもじしながら小さく言って、佳世が乳母車を降りた。

「おばあちゃん、わたしもあるく」

「大丈夫かい。乗っていって、いいんだよ」

「うん、だいじょうぶ。あるいていけるよ」

「まあ、偉いね。くたびれたらまた乗せてもらえばいいよ」

千和の声を背に、佳世が道に向かって歩き出す。

「ありがとな」

るいは千和に頭を下げ、湯呑を戻して乳母車を押し、佳世の後をゆっくり追った。

駅に着いた。乳母車を近くの自転車預り所に預け、巾着袋の紐を斜め掛けにして、リュックを背負う。重い。六十半ばの歳を感じてしまう。だが、初の顔を思い浮かべ、るいはリュックを背負い直した。

復興の力がみなぎる名古屋駅から市電に乗り換えて、初の家を目指す。佳世は最初の電車も市電も、隣に座るるいの袖を握り、物も言わずに車内を見回している。

市電は日曜日のせいか乗客はまばらで、擦り切れた服の人が多い。だが、るいは、どの顔にも生きて行こうという気持ちが現れて来ているように思えた。

停車駅で、るいの手につかまり佳世は恐々《こわごわ》降りる。

「佳世、大丈夫かい。こんなに歩くのは初めてだからくたびれただろ。もうちょっとだからな。帰りはおんぶできるから、もう少し頑張ってな」

佳世と繋ぐ、るいの手に力が入る。

「うん、だいじょうぶだよ。かよ、もうすぐ五さいだよ。それに、あきこねえちゃんに、あうんだもん」

佳世は、るいの手を離しスキップする。

行く道々に名古屋空襲の跡がまだ残る。古いトタン張りの家々が連なる中には新しい家も目に入る。だが、黒い柱が残り、焼けた瓦が散らばったままの所も多くある。

細い道を入ると、丸い石を二段ほど積み上げた区画に、るいは足を止めた。簡易な小屋根の下にタイルが欠けた流しがあり、目の先にバラック小屋風の家が見えた。

「さあ、着いたよ。頑張ったなあ、佳世」

佳世の手を引いてトタン作りの戸を開ける。土間に足を入れると、急拵えの縁板の奥に古いガラス戸があって、その前で声を掛けた。

「こんにちは。初さん、いるかね」

「はあい、あ、お義母さん！」

いかにもうれしそうな声が聞こえた。ガラス戸が音を軋ませて開く。

「えー！　ど、どうしたのかね、初さん、その姿は！」

出てきた初の頭は丸坊主だった。そして、灰色のもんぺに墨色の法衣を着ていた。初の顔が曇る。が、すぐ、気を取り直したように、

「まあ、まあ、話はあとで。さあ、上がって、上がって。まあ、佳世ちゃんも来てくれたの」

そう言って、初はガラス戸を開け放した。

「みんな、るいばあちゃんだよ。佳世ちゃんも一緒だよ」

わあ、と歓声が上がり、ガラス戸の向こうにふたつ、顔が覗いた。

晃子《あきこ》と俊雄《としお》、中学三年と小学六年の姉弟だった。

「あれ、上ふたりはいないのかい？」

るいは奥に目をやった。

「あ、結《ゆい》と一嘉《かずよし》は仕事です。勤務先は日曜休みなんだけど、休みの日も近くの雑貨屋さんの仕事を見つけて、店番とか配達とかに行っています。それぞれの会社が我が家の事情を察して、

目を瞑《つぶ》っていてくださるんですよ」

「佳世ちゃん、上がって。ほら、おばあちゃんも」

晃子が佳世を手招きする。るいは立ったまま、リュックを縁板に降ろした。

奥にはここだけが焼け残ったという六畳二間があり、そこから東にトタンで庇《ひさし》を出し、廃材で囲み、わずかばかりの板縁のある台所をつくっていた。

入り口寄りの和室には隅に裁縫道具が置かれ、広げた布地がちゃぶ台の上に置かれていた。その横にリンゴの空箱が三つ並んで、箱の中に教科書が立ててある。空いた襖《ふすま》の奥には畳んだ布団が見えている。

「晃ちゃんも俊ちゃんも勉強してるんだね。もう一つのリンゴ箱は一《かず》君のかね」

「うん、お兄ちゃん、勤めながら高校へ行ってるんだ」

俊雄が誇らしげに言う。

「そうだね。ほんとうに偉いよ。俊君も来る度に背が伸びて。新聞配達してるんだってね」

「うん、お姉ちゃんが始めたんだけど、心配だから、一緒に行ってる。新聞屋のおじさんが、偉いなあって、僕にも少しお小遣いをくれるんだ」

晃子が笑う。

「大丈夫なのに、ついて来るんだから」

「ボディガードは必要だよ」

「何だい、そのボディ何とかと言うのは」

るいは目を丸くしながら聞き返す。

「英語だよ。重要な人を護衛する人という意味だよ。中学で習うんだけど、姉ちゃんの辞書を引いていたら出て来たんだ。僕にとってお姉ちゃんは大事な人だからね」

「大事な人って、昼間お母さんたちがいない時に、ご飯を作ってくれる人だからでしょ」

「そうだよ」

姉弟のやり取りに、るいの頬も、初の頬も弛んでくる。

晃子は、「俊ちゃんは高校へ行きたくて今から一生懸命、勉強してるの」と、るいに言い、「佳世ちゃん、結ねえちゃんの店に行こうか」と、佳世の手を引いて外へ出た。「俺も行く」

俊雄も下駄をつっかけた。

「ちょっと待って、何も持たずでは結ちゃんが困るよ。お小遣いあげるから。雑貨屋なら店では駄菓子も売っているんだろ。欲しいものを買って来るんだよ」

るいは掛けている巾着の硬く縛った紐を解き、中から十円玉を三つ取り出して、晃子に渡した。

「わあ、ピカピカの十円玉。ありがとう、おばあちゃん。じゃ、行って来まーす」

「みんなお利口だから大奮発だよ。気をつけてな。佳世も晃ねえちゃんの手を離すんじゃないよ」

「はあい」

俊雄を先頭に、晃子の手をしっかり握り、声を弾ませ佳世がついて行く。

初はちゃぶ台に置いた布地をリンゴ箱に移し、ちゃぶ台を部屋の真ん中に置いて、るいに顔を向ける。

「さあ、お義母さん、上がってください」

「ああ、そうだね」

るいはリュックを引き摺り草履を脱ぎ、上がり込んで奥の仏壇に手を合わせ、中に安置されたまだ新しさが残る位牌を撫でて、傍らの軍服姿の写真を見つめ、ちゃぶ台のそばに座り込んだ。初がお盆で湯呑をひとつ運び、ちゃぶ台に置いてガラス戸の近くに正座した。

「お義母さん、冷めたお茶ですけど、どうぞ。それから、子供たちにありがとうございます。新聞配達代も子供たちから取り上げて、小遣いなどやっていなくて」

「取り上げてなんて。みんな家のために頑張っているんだよ。大丈夫だよ。大変なのはわかっている。それよりその頭とその衣、どうしたんだい。びっくりしたよ。まさか、嘉人のために仏門に入ったんじゃあ……」

るいの言葉に初は横に首を振る。

「いいえ、さっきの新聞配達もですが、晃子のボディ何とかを俊雄に頼んだのは私です。家計を助けるためにと晃子が言いだして、この春から始めたんですが。でも、まだ朝暗いですし、女の子なので心配で」

「そうかい。やっぱり、そんな人間がいるんだね。そんな心配をしなけりゃならないなんて。戦争が終わって焼け出された家の子を、戦争で父親を失った子を狙うなんて、人間じゃあないね」

るいは、まったくう、と憤る。

初は一段と顔を曇らせ言いよどむ。

るいは、はっとして初を見つめた。

「新聞配達も？　も、だなんて。もしかしたら、初さん、そのために」

「はい、ほんとうに情けないことに、お金を持って言い寄って来る男がいて、こういう姿ならあきらめるだろうと」

言った先から、見る見る涙が溢れ、初はわあっと泣き崩れた。持った手拭で目を蓋う。

「まあ、初さん。一人で、本当に一人でそんなのと闘って来たんだねえ。そうだろ。全く、男というものは」

膝に置いたるいの手が震える。どれ程、初は堪えて来たのだろう。どんなに心細い想いで四人の子供を守っていることか。初のそり上げた青い頭が悲しく揺れる。

「大丈夫だよ。嘉人が守ってくれる」

「はい、私もそう思って、一日一日暮らしています。嘉人さんはそんな人たちと違います。俺はどこへ行っても不義はしない。俺はお前だけだからな。だから、子供をしっかり守ってくれと」

初はきっぱりと言って、赤い目を上げた。

「そうだ、嘉人はあの人の子だからな」

「まあ、お義母さん、それはお義父さんもということですか。おのろけですよね」

「あんた、もな」

お互い声を上げて笑う目から涙が零れる。

「そんな男、できたらコテンパンに殴ってやりたいね」

「ほんとうに！」

さっきより大きく笑い合い、

「あ、そうそう、とれたての野菜を持ってきたでな」

手で涙を横に撫で明るく言って、るいはリュックを引き寄せ中のものを取り出し、ちゃぶ台に並べ、最後に新聞紙の包みを出して開けた。

竹の皮の間から餡が零れ出していた。

「まあ、牡丹餅、おいしそう」

「ああ、家の智《さと》さが持って行けと言うてな。去年穫れた小豆をきのうから煮てな、朝早く起きて、作ってくれたんじゃ。崩れているけど美味いからな」

「みんな喜びます。なかなか甘いものが手に入らなくて」

「もっと、何度も持って来たいのだけれど、ここまではちょっと遠くてな。少しだけど、米も持って来たから」

ちゃぶ台の上には、野菜の間に米と麦の入った二つの布袋が見える。

「まあ、みんな、重いのに。ありがとうございます」

初は真にうれしいという表情を見せ、また手拭を目に持って行き、あっと小さな声を出し、その手拭いを広げ、恥ずかしげに頭に結んだ。

「姉さん被りだねえ。その方が、やっぱりいいよ」

初を眺め、るいは巾着の紐を肩から外し、

「あ、そうそう。肝心なものを後回しにしてしまった」

と、気を取り直すように言い、巾着の口を開け、幾重にも折りたたんだ紙を丁寧に開き、茶色の封筒を取り出した。

「少しで足しにならんかもしれんが、今月も恩給がもらえたでな。気持ちだけだで」

そう言って、封筒を初の手に握らせた。

初は座り直して、もったいないという体で封筒を受け取り、頭を下げる。

「ありがとうございます。でも、これは沖縄で戦死された博さんの命。申し訳ないです」

「いいや、博の命だからだよ。子より親が生き延びて何でもらえよう。私がもらうより、あんたたちのために使った方が博も喜ぶ」

「いいえ、お義父さんが亡くなられた今、博さんは、お義母さんにと望んでみえると思います。嘉人さんの恩給も頂けるようになって、結も一嘉も何とか就職できました。おかげで晃子たちも引き取れて。来年から晃子も働くつもりでいますし、今まで助けて頂いただけで充分。これはお返ししなければ」

同意を得るように初が仏壇の中にある写真を見つめ、るいに封筒を差し出し、るいがその手を押し返す。

「いいや、わしも少し機織りのお金が入る。ありがたいことに農地解放で田畑が戻ってな、智さんと耕作して、暇ができると縁側で織っているのだよ」

「ああ、あの機織り機でなのですか。疎開していた時、村の人がお義母さんは腕がいいって」

「そうでもないけど、それで少しは実入りがあるからな。だから、これはそのまま納めてほしい。できたら、晃ちゃんも俊君も高校へ行かせてやってほしい」

「ほんとうにすみません。晃子はもう決めています。お姉ちゃんが高校行かなかったのに私が行くなんてできないと言っています。一嘉は夜間ですが頑張っています。卒業したら今の会社で、ちょっと階級を上げてもらえると言っています。みんな、俊雄にだけは昼間の高校へ行ってほしいと願っています」

そう言って、初は深く息を吸った。

「三人で頑張って俊雄の学費を稼いで、そして力を合わせ家を建てると言っています。私も俊雄がもう少し大きくなったら内職をやめて勤めるつもりです。ですから」

るいが初の言葉を切る。

「じゃあ、その足しにしてもらえばいい。内職代が少ないことはわしでも知っている。俊君が帰って来る時、家にいてやりたいからだろ。まだまだ大変だ。男に付け込まれないように、きちんと体制を整えて毅然と暮らすには、やはりお金が要るもんさ。さあ、この話はこれでおしまい。それを納めて、納めて」

「すみません。ほんとうにありがとうございます。これは、俊雄の進学のために使わせて頂きます」

初は封筒を何度も撫でて、位牌の前に封筒を供えた。

「でも、ずうっと気になっていたんですが、跡をとられた良次《よしつぐ》さんたちはこのことをご存知ですか」

「ああ、ちゃんと言ってある。良次は無事に帰って来れて村役場に勤めることができたから何とか暮らせる。だから、兄貴の家を助けてやってくれと言っている」

るいは仏壇に目をやり、初を見る。

初は名古屋の矢野家に嫁いだるいの姉の一人娘だった。歩いて二時間くらいの実家には正月や盆にしか里帰りできなかったが、姉の家族も来ていて、父母と同居する兄の家族と共にそれは賑やかに過ごしたものだった。

それぞれの子供は一緒に遊び、成長していった。

初が十八歳になった年、初の両親が相次いで亡くなってしまった。その時、二十一歳の嘉人は名古屋の会社に勤めていたのだが、一人になった初を思い、この家は弟たちに任せる。俺は矢野家を継ぐと家を出た。

あの時は大変だった。姉の家でもあるし、事情が事情だから反対する訳にも行かず、嘉人に期待していた分、うちの人は気落ちして。一緒に暮らす舅や姑から何故引き留めなかったと責められて。良次が家を継ぐと言ってくれたけど、まだ博は小さく、気を取り直して頑張って。何とか心が落ち着いた頃、舅が隣家の借り入れの裏書きをしていたことが分かった。隣は夜逃げして借金だけが残った。威張るだけでうちの人に畑仕事を任せきっていた舅には返済する力はなく、結局、田畑を売り、それまで作っていた土地を小作地として借りることになってしまった。光夫や志朗は残りの借金の足しになればと商家へ奉公に出た。小さいながら、博も大事な働き手になった。

みなで馬車馬のように働いて借金を返し、舅、姑を送り、ほっとする間もなく、あの戦争が始まった。


脳裏をよぎる想いを振り切るように、るいは明るく声を発した。

「それにしても晃ちゃんも、やっぱり高校に行かせてやりたいもんだ。わしにもっとお金があればなあ。あ、すまんな、あんたが一番、そう思っているのにな」

初は顔を伏せ、だが、すぐにるいを見つめた。

「いいえ、結も晃子も承知していますので大丈夫です。それより、みんなおばあちゃんが大好きで、いつ来てくれるんかなあと待っています」

「そうか、それならいいけどな」

そう言ってるいは位牌の前に座る。

「わしは、嘉人にも、博にも、初さんにも、謝らなければならないことがある。最近、心が重くて重くて仕方がない。初さん、ここに座って聞いて欲しい」

るいは初を招き、話し始める。

「初さんも知っている通り、我が家にはあの戦争に息子たちが出征する時に書いた寄せ書きがある。うちの人の兄弟とその子供や連れ合いが集まって書いた」

「はい、覚えています。いつか、子供たちにも見せてほしいと思っています。この家に置いてあったものは、ほとんどが焼けて残っていませんから。それに、戦争が終わって帰ってみれば、踏み荒らされて大方の物はなくなっていました。でも、この部屋と仏壇が残っていただけでもありがたいです。だから、寄せ書きの嘉人さんの文字を子供たちに見せたいです」

「うん、ほんとに、な。そう言えば、戦争の後、初めてここへあんたと一緒に来たうちの人も、あまりの景色に言葉が出なかった。けれど、この家が少しでも残っていてよかったと言っていたよ。後から、隣の家と、どこまでが境なのかきちんとするのに大変だったとも」

　初が大きく頷いた。

「ええ、お義父さんや良次さんたち兄弟で屋根や壁を修理して、隣にも交渉してくださったから、上の二人とここへ帰り、今は四人で暮らせます。それに、周りの家それぞれ庭の跡も残っていて、また、家族の誰かが無事な家ばかりでよかったです。もともと嘉人さんを好いていてくださった方ばかりなので。それにしても、焼け野原になった所は境界も分からず大変だったと思います。ましてや、家族全員亡くなられた家はことさらに」

「そうだったなあ」

るいの目が空を舞う。

「あれから……、戦争が終わってから足掛け九年。来る道、来る道、ちょっとは落ち着いた様子になって来たけど、まだまだで、あの空襲で家を焼かれ子供を抱え、初さんは本当に大変だったと思う」

初は小さく首を振る。

「いいえ、もっと大変な人も見ています。私たちはその前から田舎の離れに疎開させて頂いたから、やって来れました。俊雄を産んでからずっと体調が悪く、智さんにもずいぶんお世話になってしまいました」

「そんなこと当り前だよ。でも、智さんには感謝しているよ。あの頃は、まだうちの人も元気で。きっと、俺が守らなくてはと気張っていたんだね。畑はわしと、るいがやるから智さ、子供たちの面倒を頼むと言ってね。あんたも体が元に戻ってなくても、戦争のさなか、鶏の餌やモルモットの世話などよくやってくれてた」

「智さんこそ、嫁いで間もなく良次さんに赤紙が来て送り出したあと、家族とはいえ、馴染みのない人ばかりだった。きっと、心細く淋しかったのに私たちの世話をしてくださった。何より、田舎ではご飯の心配がなくて。それにしても戦争が終わる前の年、地震があって、あれは怖かったです」

「そう、あれは十二月はじめの昼過ぎだった。うちの人と稲藁を片付けていた。物凄く揺れて立っていられなくてしゃがみ込んでしまった。稲の切り株の下から地割れがして水や砂が噴き出して。今、思っても体が震える」

「智さんも私も、子供たちを抱えることしかできなくて。裏の竹藪にも逃げられなかった。あんな恐ろしいこと」

「家も壁が崩れたけれど、何とか持ちこたえてありがたかった。あの銀杏の木の根が張っていたせいかもと、みんなで手を合わせたなあ。ほとんどの家が倒れた地区もあって、大事な友だちがひとり亡くなってしまった」

しみじみと、るいが言う。

「それから、ますます空襲が激しくなって。そんな頃、もう、嘉人さんは……」

初は遠くを見つめる。

「嘉人さんがサイパンで戦死。昭和十九年七月に、と公報が届いても信じられなくて。あの春、お義母さんと名古屋港へ行きましたよね。思うと涙が出ます。玉音放送の前の年。出港すると、嘉人さんから葉書が届いて」

「そうだったなあ」
るいは嘉人の位牌を目で撫でる。

嘉人の二度目の召集は春半ば過ぎ。翌月届いた葉書には、港から一週間後の午後に出港する、と書いてあった。

初は泣いた。

港なら、名古屋港に違いない。検閲に引っかからないように場所も日にちも行き先も書いていないが、差出日から数えると明日に違いない。子どもたちみんなで送りに行きたい。せめて俊雄に父親の手の温もりを心に留めさせたい。あの人も、結たちに会いたかろう。

だが、大勢で行くのは無理と誰もが言い、康介は村の寺の鐘を供出する役目があって出られず、智に子供たちを預けて、るいが初と俊雄を連れて行くことになった。

初めて行く道で、駅や道で尋ねては聞き、聞いては尋ね、ようやく辿り着いた名古屋港は混雑していて、どの船に乗るのか、乗っているのか、いつ出港するのか、果たして嘉人が居るのか居ないのか、皆目分からず、行進する軍隊には近寄ることができる雰囲気ではなかった。

すれ違う軍人や港の関係者、誰に聞いても答えは返らない。たまらず背の俊雄を揺らしながら、初が、「嘉人さーん」「嘉人さーん」と叫び出す。必死の形相で走り回る初と逸《はぐ》れないように、るいも、「嘉人ー」「よしとー」と、声を張り上げた。

同じことを思い出していたのだろう。

「どうしても、会えなかったですね。どこへ行くのか、そこの港から行ったのか。行く先を知ったのは戦死から九カ月も経ってから。何の形見もなく報せが一枚の紙で届いただけ。あんなに遠くへ行っていたなんて。あの出港から三カ月後になんて。姿形を目にしなくては、亡くなったとは認められない。何年も経って帰って来られた人があると聞き、もしや嘉人さんもと。だけど、待っても待っても帰って来なかった。帰って来て子供たちを抱きかかえる嘉人さんの夢を、何度も何度も見ました」

私もだよ、と呟くるいの心が苦しくなる。

「戦後何年も経って、サイパンが玉砕してから日本への空襲が激しくなったと聞きました。子供たちを守ろうとするだけで必死だったんですが、あの空襲が酷くなった時には、嘉人さんは、もう……」

「ほんとうだ。それも知らずに空襲に怯える日々だった。田舎にも爆弾が落とされるようになって、Ｂ29に狙われんよう、電燈に黒布を被せたりして。それも消して真っ暗の中、防空壕の中で飛行機の爆音に震え、生きた心地がしなかった。何機もうちの上を通り過ぎ、しばらくして外へ出たら、名古屋の方の空が真っ赤に染まって」

「あの時、この家も燃えてしまって。疎開中も、嘉人さんに建て直してもらえたこの家だけは守りたいと思っていたのですけど」

るいは背を伸ばし、無理に笑顔をつくる。

「ま、命さえあれば。こうして屋根のある部分が少しでも残ってよかったよ。よく頑張ってきたよ、初さんは。あの混乱の中、子を育てるのは並大抵ではないからね」

「下の二人を長い間。あずかって頂いたおかげです。田舎の学校に通って、日に焼けて逞《たくま》しく育ってくれました」

少し目を細くして、るいは頷く。

「そう言ってもらうとありがたい。晃ちゃんにはうちの子たちのお守りもしてもらって助かったと智さんが言っているよ。何しろ太一と雄二は年子だったからな」

「そんな当たり前です」

「当たり前じゃないよ。頑張ったんだよ、晃ちゃんも俊君も。初さんと離れて淋しかったと思うけど。結ちゃんと一君が勤めるようになって、ようやく一緒に暮らせようになって。嬉しかったろ、あんたも子供たちも」

ただ頷いて初は手で顔を覆う。

そんな初から位牌に目を移し、るいは手を合わせる。

「嘉人もうちの人も字が上手だった。あの寄せ書きは宝物だと思う。嘉人、すまなんだ。博にも。子供らみんなに申し訳ないと思っている」

るいの言葉が静かに続く。

わしは男の子ばかり五人授かった。

産めよ増やせよ、と言われ、男の子が生まれるとみな大喜びだった。わしも嫁として舅たちにも鼻が高かった。女の子ばかり産んだ近所の嫁さんに大威張りな風を見せていたかもしれない。

五人ともそれぞれの出征の時、みな、あの寄せ書きに言葉を書いて戦地に向かった。

「忠孝」という大きな文字が残る。

送る言葉に「武運長久」とうちの人は書いた。

わしも書いた。女に学問は必要ないと言われていた。だから、下手でしかも平仮名しか書けなんだ。

だけど、心を籠めて書いた。

「こどもたち　くににささげて　うれしい日」

そう書いた。

わしは誇らしかった。五人の子は国の宝。どの子も国のお役に立てる。何て名誉なことだろう。そう、思っていた。それが、自分でも説明がつかないけれど、ささげてとは書いたものの、きっと帰ってくると信じていた。

戦争が終わって、良次も光夫も志朗も帰って来た。よれよれの姿だったけれど、どれほど嬉しかったことか。それからみな所帯を持って、子も生まれた。だけど、長男の嘉人と末っ子の博は帰って来なかった。

五人とも、その母の言葉をどう感じて家を後にしたのだろう。

嘉人はサイパンで、博は沖縄で。激戦、玉砕。戦争の有り様を知るごとに、胸が苦しくなる。戦地では食料も水もなく、傷口からすぐ蛆《ウジ》が湧いたと聞いた。どんなに苦しかったことか。ささげるなんて書いた母をどれほど恨んだことだろう。もっと早く終わっていたら……。

戦争の後、「あの戦争は間違いだった」「みんな平等だ」と、直前まで「鬼畜米英」「一億総玉砕」と鼓舞していた人たちの変わりようを目にして、心が折れた。こんな人たちの言葉に乗せられて大切な我が子を失ってしまった。

子の命をささげて、うれしいなんて。

それなのに、子は親を思って。どの子の頁にも「忠孝」の文字がある。家族より国と思っていた。だけど、子は国ではなく親を思い、親や家族を守るために覚悟をして、行く時に、それぞれの頁におもいを書いていった。

思う度、見る度、胸が苦しくなる。

若者を楯にする戦なんて。

子に守ってもらって親が生きるなんて。

こんな母は、母ではない。戦に出すために産んだんじゃない。どの子も幸せに生き、親より長生きするよう願って産んだはずだった。男の子だと誇らしく思った気持ちも消してしまいたい。

女の子の方が良かった。

謝りたい人がいっぱいある。

自分がかわりに行けばよかった。

初さん、向こうへいった時、二人に謝るのが私の願いだよ。初さんにも苦労させてすまなかった。


初に頭を下げ、るいは位牌に手を合わせる。

「お義母さん、女の方がいいなんて、そんなことはありません。何処でどのようになのか、ほんとうになのかも皆目わからず、私の心はまだ彷徨《さまよ》っています。どちらも悲しく、苦しく、戦争など二度としてはなりません」

初の押さえた声が部屋に沁みていく。

「でも、私は運命だと思うことにしています。何事もそう思えば、あきらめられます。そう思わなければ……。嘉人さんは長男なのに家を出て、その後、伊井野家が大変なことになったことをいつも気にして。じいさんやばあさんの仕打ちに辛抱した挙句、田畑も失くして、親父やお袋が可哀想だと。そして、何の力にもなれないと。私も申し訳ないと思っています。でも、嘉人さんは一生懸命生きて。だから、この家も今、こうしてあります」

初が小さく息を吐く。

「もし、その人の生きた証があるならば、この家が、子供たちが嘉人さんの遺したもの。だから、守っていきます。お義母さんも、まだまだ佳世ちゃんたちを守る役目がありますよ。それから、結たちも守って頂きたいです」

るいは初と写真を交互に見つめ、しばらくして言った。

「ああ、そうだね。良次が帰って内孫の顔を見てほっとしたのか、あの人も逝ってしまって。まだまだ私がしゃんとしなくちゃねえ。結ちゃんの花嫁姿も見たいしな」

「なんか、結は会社で申し込まれた人があるみたいですよ。でも、俊雄のためにそんな場合じゃないと自分に言い聞かせているようで。晃子と話しているのを聞いてしまって。だから、晃子は働くと決めたようで。私も親のために子供たちを犠牲にしているのではと切ないです」

「そうか。結ちゃんも、晃ちゃんも、なんともできないのが情けない」

「いいえ、そう思ってくださるだけで、こうして来てくださるだけで、あの子たちの力になっています。私も力を頂いています」

笑顔を向ける初の心が身に沁《し》みる。

「ありがとう。そうそう、この間、押し入れを整理したら、博が書いた家の設計図が出て来てね」

「あ、博さんは二十歳で……。腕のいい大工さんのところで修行中でしたよね。嘉人さんが、あの子はいい大工になると言っていました。もっと歳が近かったら、この家も博に建ててもらったのにとも」

「ほんとうに。棟梁の家に住み込みで働いていて、いつか自分の家を建てるんだと言っていた。戦死の公報が届いた後、その棟梁が道具箱を持って来て下さってね。帰ってくるまで預かる約束だったからと。見るだけで何か胸が痛くなって、そのまま押し入れにしまってあったのだけれど。この間、思い切って出してみたら、箱の中にきれいに折り畳んだ紙が入っていたんだよ」

「まあ、博さんの生きた証があってよかったですね。それのために精一杯、博さんは生きられたのかも。そう言えば送る時に、懸命に稲を刈って脱穀して倉庫に山のように積んだ米俵がほとんど年貢に取られたのを目にして、この家の家族の食べる分はあるのだろうかと本当に心配した。あんな情けないことはない。だから、俺は頑張って、お袋や親父を楽にするんだと、博さんが……」

涙が溢れ出し、慌ててるいは袖で目を拭う。

「ああ、親の資格なしだね。子をしあわせにするのが親の役目なのに、反対に心配されるなんて。ほんとうにすまない。でも、何か申し訳ないけれど、そう思う中から、二人が生きているように思える。嘉人も博も、初さんやみんなを守っていてくれるような気がする」

「まあ、お義母さんもですか。私もです。だから頑張ります。私の心の中に生きて、私が逝く時、一緒に逝ってもらいます。それまで死なせはしません」

初は強く言う。

「そうだね。ありがとう。何だか話して、一生懸命みんなのお役立ちをして、思い残すことなくいけそうだよ」

「いいえ、永く、永く、お役立ちをお願いします。お義母さんは私の叔母さんであって、大事な母親ですからね。嘉人さんと結婚した時、叔母さんと言っていたのをお義母さんと言うことになり、どうしょうかと思ったのですけれど、嘉人さんが、おかあさんと呼ばなきゃ駄目だと。だから、あれからずうっと、お義母さんは私の大事な、おかあさん、です」

「まあ、ありがとう。わしも初ちゃんと呼んでいたのを、そのままでと思ったけれど、良次たちに嫁さんをもらった時に困ると思って、初さんにしたことを思い出した。やっぱり、最初に呼ぶ時は、腹に気合を入れたもんさね」

二人が顔を見合わせて笑った時、

「ただいまあ」

と、晃子と俊雄と三人の声が弾んで聞こえた。

「見て、見て！　ガムを買って来たよ。結姉ちゃんがキャラメルをおまけしてくれたよ。ほら、おまけつきだよ」

俊雄の目が輝いている。

「お帰り。よかったよかった。わしも晃ちゃんや俊君に会えてよかった。さあ、長居したけど帰ろうか」

「あら、お昼ご飯を食べていってください。牡丹餅も頂いたし、味噌汁ぐらいですが用意できます」

「そんな、食料は大切だからね。私に気を遣わんでもいいよ。もう、ゆっくりさせてもらったよ。それに、昼には帰ると言って来たからね」

ただでさえ足りない食料を減らさせてはいけない。

「すみません、気を遣わせて。子供たちにもありがとうございます。佳世ちゃんも来てくれてありがとう」

「うん、ガムなんてはじめて見たよ。キャラメルも、三つぶももらっちゃったし、よかった。

ひとつずつ、おにいちゃんたちにあげるんだ」

初おばちゃん、晃姉ちゃん、俊兄ちゃん、ありがとうと、入り口に背を向けて佳世はもう帰る気になっている。

「まあまあ、あわてん坊だね、佳世は。それじゃあ、晃ちゃんも俊君もありがとう。結ちゃんと一嘉君によろしく。また来るからね。みんな、元気で体に気をつけるんだよ」

佳世の手を引き道の角から振り返り、まだ見送っている三人の姿を目に留め、角を曲がり、空のリュックを背から手に移し、るいは佳世に声を掛けた。

「おんぶしようか」

「だいじょうぶ」

佳世はガムとキャラメルが入ったるいの巾着袋を左手に抱え、右手でるいの手をしっかり握り歩いている。

名古屋駅から電車に乗ったら、眠ってしまうに違いない。電車を降りたら乳母車に乗せて、駅の近くの団子屋さんで、みたらし団子を買って帰ろう。駅に着くのはお昼過ぎになるから、道々食べればいい。そうだ、千和さんにも持って行って、また井戸水をよんでもらおう。博もうちの人も好きだったから、仏壇に供えて……。

今日は奮発しよう。いったい何本買えばよいのか。智さんにもと、るいは頭の中で指を折る。

「おばあちゃん、また来ようね」

繋ぐ手に力を込めて、るいを見上げる佳世に、

「ああ、またね。今度はお兄ちゃんたちも一緒だよ」

そう言って、るいは佳世の手を軽く握り返す。

まだ、太一と雄二は銀杏の上で遊んでいるに違いない。ふと、銀杏の大きな枝が目の前に広がり、嘉人が、初が、良次、光夫、志郎、博、その従兄弟たちが集って、銀杏の丸太小屋で歌をうたい、梯子を登ったり降りたり、綱を握り、賑やかに遊ぶ姿が目に浮かんだ。

あの空間を取り戻せたら。何もない平和な時。

何機も、何機も、木の上を飛び去った飛行機群。もしかしたら、その大きな枝で掴み、元の国に戻したいと、銀杏の木は願ったかもしれない。誰をも傷つけず失わず。どの兵士にも、どの人にも愛する家族が、愛する人を思う人がいる。生きてと願う人がいる。

何百年もかけてその地に育ち、大地の様、人々の姿を見て来た銀杏の木。何も言わずに、今も我が家を抱きしめていてくれる。

みんな守ってゆけたなら。

佳世がおぶってと背に縋《すが》り、るいの肩に凭《もた》れていつの間にか、寝息を立てる。

市電の停車駅に近づくごとに、ビルや家の建つ音が聞こえ、薫風が二人を包んで舞って通り抜けていく。

[著者略歴]
藤吉佐与子（ふじよし・さよこ）
本名　吉田さよ子。
同人誌「文芸きなり」元同人。同誌発刊終了後、同人誌『峠』に所属。
1999年発足で、20周年記念の「尾張国シンポジウム」を含む、各地の歴史を学び著名な考古・歴史学の講座開催を目的とする「稲沢“歴史を学ぶ”会」代表。

瑠璃恋歌

2025年3月15日　第1刷発行　（定価はカバーに表示してあります）

著　者　　藤吉 佐与子

発行者　　山口　章

発行所　名古屋市中区大須 1-16-29
振替 00880-5-5616 電話 052-218-7808　風媒社
http://www.fubaisha.com/

＊印刷・製本／モリモト印刷　　乱丁本・落丁本はお取り替えいたします。

ISBN978-4-8331-2125-5